Als Kinder erdachten wir uns eine imaginäre Welt: wunderschöne Orte, seltsame Begebenheiten, erfundene Personen, die uns untertan waren – und immer waren wir selbst die Protagonisten, um die sich alles drehte.

Später dann, als wir erwachsen waren, langweilten uns die erfundenen Wesen und wir füllten unsere Träume mit wirklichen Personen, mit denen wir anmutig und frei verkehrten. Unser imaginäres Leben war schöner und angenehmer als unser tatsächliches …

Mit der Titelgeschichte vom imaginären Leben und den siebzehn weiteren bisher unbekannten Texten dieses Bandes lernen wir eine politisch und menschlich teilnehmende Autorin kennen, die einfach, scheinbar naiv, von den Brüchen in unserem Leben erzählt: von Überzeugungen, die wir als gerecht empfinden und deren Ungerechtigkeit wir irgendwann erkennen müssen, von der Freiheit der Frauen und davon, was sie kostet.

NATALIA GINZBURG

DAS IMAGINÄRE LEBEN

Aus dem Italienischen
von Maja Pflug

Verlag Klaus Wagenbach
Berlin

Inhalt

HAUSARBEITEN

Da sie nicht schlafen kann, pflegt die alte Mutter aufzustehen, wenn es noch dunkel ist, in die Küche hinunterzugehen und sich einen Kaffee zu machen. Danach setzt sie sich auf das Sofa im Eßzimmer, raucht und wartet, daß es Tag wird.

Sie würde gern mit den Hausarbeiten beginnen: die Treppe kehren, die Fußböden wischen, die Türen abwaschen, die Fenster putzen. Aber sie kann nicht, weil alle noch schlafen; und diese Handlungen, an die sie denkt und die sie nicht ausführt, entfachen in ihr ein kaltes Feuer. Als junge Frau war sie unordentlich und faul; im Alter hat sie einen Ordnungsfimmel bekommen und eine Art dumpfe Liebe zur Hausarbeit entwickelt; und die Söhne, die Schwiegertöchter und die Freunde pflegen sie zu tadeln wegen dieser Leidenschaft, die sie als ödes und bedauerliches Zeichen von Alter und Unfruchtbarkeit deuten. Die Hausarbeiten seien bei ihr, sagen sie, ein Alibi, um keinen anderen, edleren Beschäftigungen nachzugehen: lesen, sich mit Politik befassen, sich bilden. Die alte Mutter hat nie etwas von Politik verstanden; sie hat nur noch drei oder vier Gedanken im Kopf, steinern und hartnäckig, und die hegt und pflegt sie, während sie rauchend auf dem Sofa sitzt oder wenn sie sich bei Hausarbeiten austobt.

Gegen halb sieben werden gewöhnlich die Kinder wach, die Kinder ihrer Kinder, die gekommen sind, um die Sommermonate bei ihr zu verbringen. Die Alte rührt sich nicht vom Sofa weg; sie lauert dort wie ein Geier, der mit den Klauen einen Felsen umklammert. Sie raucht, hegt und pflegt ihre drei Gedanken und blickt durch die Scheiben auf in Frühnebel getauchte Ölbäume und Weinberge.

In weit zurückliegenden und sehr glücklichen Zeiten holte die Mutter, damals noch jung und nicht von Unglücksschlägen niedergedrückt, ihre Kinder, sowie sie erwachten, aus dem Bett, wusch sie, gab ihnen Milchkaffee und ging mit ihnen hinaus. Ihre eigene Mutter hatte ihr beigebracht, all dies sei unerläßlich. Sie erinnert sich, daß sie, wie schon gesagt, sehr unordentlich und faul war; dennoch gab es in ihrer Unordnung einen unumstößlichen Gedanken: die Kinder mußten, sowie sie erwachten, aus dem Bett geholt, kräftig eingeseift, mit Talkumpuder bestäubt und, nach dem Milchkaffee, in die erste, frische Morgensonne hinausgeführt werden.

Heute würde sie es gern mit den Kindern ihrer Kinder genauso machen: aber eine so einfache Sache, wie diese neuen Kinder aus dem Bett zu holen und zu waschen, ist ihr nicht gestattet. Diese neuen Kinder haben in ihren Zimmern Kekse und Comics; sie werden später aufstehen, wenn es ihnen selbst gefällt; sie werden in ihren Frotteeschlafanzügen durchs Haus laufen, Comics und Kekse über ihre noch in tiefem Schlaf liegenden Eltern verstreuen.

Schließlich wachen auch die Eltern auf, erheben sich und gehen barfuß und verstrubbelt in die Küche hinunter: sie besitzen keine Pantoffeln oder machen sich nicht die Mühe, sie unter dem Bett hervorzuholen: die alte Mutter fragt sich, wie lange es die Pantoffelindustrie noch geben wird, da die Leute Pantoffeln für nutzlos zu halten scheinen. Noch schlaftrunken schwankend suchen die jungen Eltern in der Küche nach Brot und Tassen. Es beginnt ein langes chaotisches Frühstück, ohne Milchkaffee: der Milchkaffee scheint, wie die Pantoffeln, vom Gesicht der Erde zu verschwinden. Dafür gibt es Rühreier und Fruchtsäfte; und eine grauenhafte, dunkle, schmierige Substanz, die man aufs Brot streicht und die Nutella heißt.

Die Kinder werden gefragt, was sie essen wollen: sie wissen es nicht und die Unentschlossenheit bringt sie zum Weinen; draußen scheint schon heiß die Sonne, und die alte Mutter denkt, die Kinder sollten schon längst an der Sonne sein, aber sie schweigt, weil sie es mittlerweile gewohnt ist zu schweigen; sie denkt, daß die Art und Weise, wie diese neuen Kinder großgezogen werden, sehr kompliziert und mühsam ist; die alte Art war vielleicht autoritär und achtlos; die Kinder, sowie sie aufwachten, aus dem Bett zu holen, zu waschen und an die Luft zu bringen, war vielleicht, wie ihre Kinder jetzt sagten, ein Akt der Willkür und der Anmaßung; die alte Mutter fragt sich, ob auch der Milchkaffee eine Anmaßung war: sie selbst haßte ihn, fand ihn aber gut, wenn ihre Kinder ihn tranken.

Unterdessen diskutieren die jungen Eltern darüber, ob sie den ganzen Tag oder nur den Vormittag ans Meer fahren sollen: sie scheinen nicht zu wissen, daß der Vormittag ja schon fast vorbei ist. Sie diskutieren darüber, an welchen Strand sie fahren sollen und mit welchem Auto; die Mutter denkt, daß der wesentlichste Charakterzug der jungen Leute von heute die Unentschlossenheit ist. Die Kinder sind mit in die Unentschlossenheit der Eltern verwickelt; sie weinen, weil die Unentschlossenheit sie zur Verzweiflung bringt; sie fügen zu den Unsicherheiten der Eltern ihre eigenen Unsicherheiten hinzu, fragen in Tränen aufgelöst, was sie denn anziehen und welche Spielsachen sie mitnehmen sollen; und plötzlich werden die Eltern wütend, nehmen in der Wut tragische Haltungen an; diese neuen jungen Eltern pflegen ihre Kinder nicht auszuschimpfen, doch verlieren sie einmal die Geduld, glauben sie, ein tragisches Gesicht machen zu müssen: die Kinder schluchzen, die Eltern, die sofort bereuen, nehmen die Kinder beiseite, trösten sie aber nicht, sondern liefern ihnen mit heimlichem Geflüster weitschweifige Erklärungen, warum sie sich so verhalten haben. Die alte Mutter denkt, daß die raschen, gedankenlosen, zerstreuten, heftigen und sofort vergessenen Vorwürfe ebenfalls etwas sind, das vom Antlitz der Erde verschwunden ist. Zuletzt gehen sie mit Schwimmreifen, Sandeimern, Handtüchern und Taschen beladen los; und die alte Mutter denkt, daß sie nun die Hausarbeiten erledigen kann.

An der Türe ermahnen Schwiegertöchter und Söhne sie, nichts zu tun; in den Zimmern, sagen sie, sei schon alles getan. Kaum sind sie fort, geht die Mutter in die Zimmer: mit finsterem, wildem Genuß zerrt sie die schon gemachten Betten auseinander und sammelt Unterhemden und Zeitungen ein. Die Anzahl der Unterhemden ist unbegrenzt; man findet sie überall im Haus, mit Obstflecken und voller Sand; und auch die Zeitungen, die überall auf Schritt und Tritt liegenbleiben, sind zahllos. Die Mutter weiß, daß sie alle im Winter auf andere Weise leben; Söhne und Schwiegertöchter arbeiten, die Kinder werden vielleicht, sowie sie aufwachen, gewaschen und in den Kindergarten gebracht. Die Unentschlossenheit ist Frucht der Ferien; sie bricht im Sommer aus, doch vielleicht ist sie immerzu im Leben der jungen Leute verborgen, wie eine Sehnsucht nach ewigen Ferien, in denen die Zeit träge vergeht, zwischen Strömen von ziellosen Wörtern.

Früher einmal hegte die Mutter, wenn sie die Hausarbeiten erledigte, den heimlichen Wunsch, daß ihre Angehörigen ihre Geschwindigkeit und Effizienz lobten; aber dieses Lob kam nie, stattdessen kamen Proteste, ärgerliche Kommentare und strenge Urteile; die Söhne ermahnten sie, endlich mit dieser blöden Hausarbeit aufzuhören; sie lebten genauso gut, sagten sie zu ihr, in einem Haus, in dem die Fußböden nicht jeden Tag gewischt würden. Wenn sie die Fußböden wischt, hat die Mutter daher immer den Verdacht, etwas Sinnloses zu tun: es stimmt ja, daß man sie nicht jeden Tag zu wischen bräuchte. Als sie jung war, wischte sie sie nie; damals gab es Putzfrauen, die das ausgezeichnet konnten; und für ihre eigene Mutter war es unvorstellbar, in einer Wohnung zu leben, in der die Putzfrauen nicht jeden Tag den Boden aufwischten. Aber Putzfrauen gibt es heute nicht mehr: und wenn es sie gibt, sind es so unbeständige, schwankende Gestalten, daß die Furcht, sie zu verlieren, stärker ist als der Wunsch, sie den Boden putzen zu lassen. Was die jungen Leute angeht, so denken sie, es sei nicht richtig, Putzfrauen zu haben; und falls man doch eine habe, werde man nie von ihr verlangen können, den Boden zu wischen, da dies eine Kasteiung des Geistes darstelle, die man keiner Menschenseele zumuten könne und die höchstens, ganz außerordentlicherweise, einmal im Jahr zu vollziehen sei.

Während die Mutter hastig die Fußböden wischt, fragt sie sich, warum sie das tut, obwohl es doch vielleicht wirklich eine sinnlose Kasteiung ist; ob in Erinnerung an ihre eigene Mutter oder aus einem unfruchtbaren, zwanghaften Fimmel heraus. Sie tut es nicht aus Liebe zum Haus: das Haus, hat sie verstanden, ist ihr ganz unwichtig. Was ihr wichtig ist auf der Welt, sind ihre Kinder und deren süße, lockige Nachkommenschaft: Menschen, die es kein bißchen interessiert, ob die Fußböden gewischt werden oder nicht.

Die Mutter setzt sich aufs Sofa, raucht, blickt auf die Ölbäume und Weinberge in der glühenden Mittagssonne. Nun kommen sie alle zurück, mit Schwimmreifen, feuchten Handtüchern voller Sand, Unterhemden, Brotstücken und Zeitungen: der Fracht dieser überaus langsamen, glücklichen, unentschlossenen Herde. Die Mutter fragt sich, ob wohl, wenn sie gestorben ist, im Haus noch jemand die Fußböden wischen wird.

UNGESCHICKTE REISENDE

Es gibt Menschen, die sich aufs Reisen verstehen, und andere, die sich nicht darauf verstehen. Es gibt Menschen, für die jede noch so kleine Reise oder Aussicht auf eine Reise Angst und Mühe bedeutet, eine zermürbende Unternehmung. Für andere ist es eine so einfache Handlung wie Naseputzen.

Es ist nicht gesagt, daß die Menschen, die nicht zu reisen verstehen, bei ihren seltenen Reisen nicht doch einen feinen Genuß empfinden. Aber es ist ein so hinter dichten Nebeln verborgener Genuß, daß sie ihn nicht bemerken; erst später werden sie einen Schatten davon in ihrer Erinnerung wahrnehmen. Es ist ein Genuß, der nicht daraus entsteht, daß man neue Orte kennenlernt oder kennengelernt hat. Diese seßhaften Tiere, diese ungeschickten Reisenden empfinden keine wirkliche, gelassene Neugier für die neuen Orte. Sie suchen, an den neuen Orten, einzig und allein nach einer Möglichkeit, sie so zu bewohnen, als wäre es für immer, den Ort einer Reise in einen ständigen Wohnsitz zu verwandeln. Der Genuß zu reisen besteht, für sie, einfach in dem herben, schwindelerregenden Gefühl, sich seine Existenz an einen – von dem gewohnten Platz verschiedenen – Ort verlegt vorgestellt zu haben.

Es ist schwierig, die Ängste der Menschen, die nicht zu reisen verstehen, aufzuzählen; Ängste, die sie tagelang in Alarmzustand versetzen und sie im Augenblick der Abreise überfallen. Vor allem anderen fürchten diese Menschen, den Zug oder das Flugzeug zu versäumen; sie finden diese Furcht seltsam, da sie in offenem Widerspruch steht zu ihrem innigsten Wunsch, nämlich dem, zu Hause zu bleiben. Darüber hinaus befürchten sie, in einen falschen Zug oder ein falsches Flugzeug zu steigen und wer weiß wo zu landen; etwas ganz Wesentliches zu Hause gelassen zu haben; die falschen Kleider mitgenommen und die Koffer schlecht gepackt zu haben; die Koffer abgeschlossen und den Schlüssel verloren zu haben; oder zuletzt befürchten sie, die Koffer könnten verlorengehen; und wenn sie sich den Inhalt der Koffer in Erinnerung rufen, wundern sie sich darüber, daß sie fürchten, sie könnten sie verlieren, denn in der Erinnerung erscheint ihnen dieser Inhalt wie ein armseliger Haufen Irrtümer.

In einem kurzen Augenblick der Luzidität machen sie sich klar, daß alle ihre Befürchtungen nur wie das Zusammenbrauen von Wolken an einem leergefegten Gedankenhimmel sind. In der Tat haben sie auf einmal jede Denkfähigkeit verloren. Sie erinnern sich nicht, was sie überhaupt zur Abreise gedrängt hat: aber sie fragen sich nicht mehr, warum sie abreisen, schon gänzlich unfähig, sich selbst sinnvolle Fragen zu stellen, mit sich selbst in einer menschlichen Sprache zu sprechen. Sie finden in ihrem Geist nichts als eine Masse chaotischer Wörter; Werbesprüche und Schlagerrefrains klingen wie anhaltendes Echo in der Stille ihres Denkens nach, rauschen auf und hallen höhnisch in ihrem leeren Verstand.

In der fremden Stadt angekommen, suchen die ungeschickten Reisenden in einem Hotel Zuflucht; sie suchen dort Zuflucht, denn das Hotel stellt für sie nicht den Ort dar, von dem man ausgeht, um die Stadt zu besichtigen, sondern einen Unterschlupf, in dem man sich verstecken, in dem man verschwinden kann, wie Mäuse oder Katzen, die unter ein Sofa kriechen. Das Hotelzimmer ist für sie nicht einfach ein Hotelzimmer, vorübergehend und uninteressant, sondern ein wirklicher Wohnort, zugleich beruhigend und feindlich, beschützend und abstoßend. Es ist wie der Schoß einer Stiefmutter, in dem sie keinerlei Liebe finden, in dem sie aber dennoch die einzige Wärme suchen, die das Leben ihnen bieten kann. Sie verbringen lange Stunden darin, da sie sich nicht zu lösen verstehen. Hingerissen und entsetzt zugleich, wie am Rande eines Abgrunds, betrachten sie die Höfe des Hotels, finster und feucht wie Brunnenschächte, durch die sich schwarze Eisentreppen und schwarze Regenrinnen schlängeln. Sie wissen wohl, daß jenseits dieser Höfe die schöne Stadt liegt, voller breiter Straßen, Bäume, Museen und Theater, die Stadt, die andere eilig besichtigen würden, ohne auch nur einen Augenblick zu säumen. Sie wissen es; und dennoch gelingt es ihnen nicht, sich aus der düsteren Betrachtung jener Regenrinnen zu lösen. Dazwischen fällt ihnen ab und zu wieder ein, daß ihre Reise eine Vergnügungsreise sein sollte.

Wenn sie Durst haben, trinken sie das lauwarme Wasser aus dem Wasserhahn, um das Hotel nicht mit einer Bitte um Mineralwasser oder Eiswürfel zu belästigen, denn vielleicht haben sie diese Dinge nicht im Hotel und könnten sich deshalb gedemütigt fühlen. Diese ungeschickten Reisenden können sich das Hotel nicht anders vorstellen als einen Haushalt. Sie können es sich nicht als eine mechanische, unpersönliche Welt denken. Es fällt ihnen sehr schwer, sich daran zu erinnern, daß sie, um darin zu wohnen, bezahlen müssen. Wenn es ihnen dann wieder einfällt, ist dieser Gedanke eine Quelle der Angst, weil sie nie wissen, ob sie genug Geld dabei haben.

Zudem haben die ungeschickten Reisenden, wenn sie sich im Ausland befinden, das Gefühl, daß es ihnen unmöglich sein wird, mit diesem unbekannten Geld umzugehen; es scheint ihnen kein echtes Geld zu sein. Ebenso erscheinen ihnen im Ausland auch die Zeitungen nicht echt; auf dem Bett ausgestreckt überfliegen sie mit den Augen lange diese unechten Zeitungen und entdecken womöglich im Veranstaltungskalender Filme oder Theaterstücke, die sie schon seit Jahren gern sehen wollten; aber hier, in der unbekannten Stadt, wissen sie nicht, ob sie immer noch den Wunsch danach haben: denn die Neugier, die Wißbegierde und die Intelligenz ist in ihnen erstarrt und zu Glas geworden.

Was sie dazu bringt, das Hotel zu verlassen, ist nicht die Wißbegierde, sondern der Gedanke, man könnte sich im Hotel wundern, wenn man sie nie ausgehen sieht. Sie bitten den Portier um Schutz, tauschen ab und zu ein Lächeln mit ihm. Sie fragen ihn nach dem Weg, lassen sich sogar einen Stadtplan geben; nicht etwa, weil sie hoffen, damit könnten sie sich zurechtfinden – diese seßhaften Tiere haben keinerlei Orientierungssinn und Stadtpläne sagen ihnen gar nichts –, sondern um diesem Portier, der mit Telefonstöpseln hantiert und Reihen von Schlüsseln neben sich aufhängt, wie echte Touristen zu erscheinen, die gekommen sind, um sich die Stadt anzuschauen.

Während sie durch die Straßen wandern und dabei zwischen den Fingern den Stadtplan zerbröseln, den zu konsultieren sie sich nicht träumen lassen, betrachten sie nichts mit Aufmerksamkeit, möchten aber plötzlich am liebsten alle in den Schaufenstern ausgestellten Gegenstände kaufen, da es ihnen so vorkommt, als seien diese Gegenstände das einzige Mittel, um sich die Stadt irgendwie anzueignen. Sie stellen sich vor, ein Haus einzurichten mit antikem Porzellan und riesigen Standuhren, die sie im Antiquitätenladen gesehen haben, ein Haus, das sie ausgewählt und für sich gefunden haben, als sie durch eine kleine Straße gingen; sie kaufen im Geist Stapel von Decken, Kühlschränke, ganze Küchen; sie kleiden sich im Geist in Schals, Pelzmäntel und Mützen; ihr eigenes Land erscheint ihnen in der Erinnerung wüst und leer, eine ferne Provinz, in der es keine warmen Kleidungsstücke und keine Decken aus echter Wolle gibt.

Indem sie glühenden Neid all denen gegenüber empfinden, die mit entschlossenem Schritt sicher auf ein klares Ziel zustreben, und indem sie ihre eigene Lage als Müßiggänger als demütigend empfinden, sehen sie ihr eigenes Land auf einmal als unbewohnbar, da ja so viele Leute nicht dort wohnen, sondern mit Entschiedenheit und Selbstverständlichkeit in dieser unbekannten Stadt leben.

Mit ihren sehr langsamen Reflexen gehen diese seßhaften Tiere von Gewohnheiten aus, nicht von Eindrücken. Die Eindrücke werden sie erst wahrnehmen, wenn sie nicht mehr denken, sie sollten sie wahrnehmen; wenn der Schleier der Gewohnheiten sich über die Orte gesenkt haben wird. Vielleicht dazu geboren, Emigranten oder Flüchtlinge zu sein, gelingt es diesen ungeschickten Reisenden nicht, sich in Touristen zu verwandeln. Und das Seltsame ist, daß sie, da sie sich nicht gewünscht haben zu reisen, nicht einmal wünschen, nach Hause zurückzukehren: weil sie den Verdacht hegen, während ihrer Abwesenheit sei an den gewohnten Orten etwas ihnen Fremdes und Feindseliges aufgekommen.

Zuletzt gehen sie in einen Laden und kaufen einen verstaubten Eierbecher; sie bereuen es sofort, denn sie denken daran, daß in ihrem Land die Tabakläden jedes abgelegenen Fleckens oder Dorfes voll von ähnlichen verstaubten Eierbechern sind.

DIE KINDHEIT UND DER TOD

Ich denke, daß einer, der nicht an Gott glaubt, dennoch nicht das Recht hat, zu seinem Kind zu sagen: »Gott gibt es nicht.« Er kann ihm diese seine persönliche Überzeugung nicht als universelle Gewißheit vorsetzen. Mit anderen Überzeugungen kann er es tun: aber mit dieser nicht. Erstens sind die Worte »Gott gibt es nicht« für ein Kind äußerst beklemmende Worte. Zweitens können sie falsch sein. Auch andere persönliche Überzeugungen, die einer seinem Kind als universelle Gewißheit vorsetzt, können falsch sein, aber in anderen Fällen mag es nicht so wichtig sein, sich zu irren und das Falsche zu behaupten. Dagegen sind die Worte »Gott gibt es nicht« unerbittlich; und wenn sie falsch sind, hat man etwas Unerbittliches und Falsches gesagt.

Wie bekannt, gibt es keine klaren und eindeutigen Beweise für die Existenz Gottes, und es gibt auch keine klaren und eindeutigen Beweise für seine Nicht-Existenz: und der Umstand, daß ihn niemand je gesehen hat, beweist absolut gar nichts. Das macht das Leben für den, der an Gott glaubt, sehr schwierig, seltsam und schmerzlich. Doch wer an Gott glaubt, hat manchmal die Empfindung, diesen Mangel an Beweisen zu lieben: im Grunde genommen möchte er um keinen Preis etwas anderes. Denn Gott zu lieben heißt, ihn in nichts verschieden davon zu wollen, wie er uns in Gedanken erscheint.

Einer, der glaubt und zu seinem Kind sagt: »Es gibt Gott«, stellt ebenso eine persönliche Überzeugung als universelle Gewißheit dar und begeht einen Willkürakt. Darüber hinaus sagt auch er etwas, das vielleicht falsch ist. Doch ein Kind, dem gesagt wird: »Es gibt Gott«, kann ihn dann eines Tages wegwerfen, wenn es möchte, wenn es Gott nicht braucht. Es ist ja nicht schwierig, es ist sogar beinahe einfach, für einen, der Gott nicht will, so zu tun, als hätte es Gott für ihn nie gegeben. Diese Willkür ist also notwendig: weil ein Kind so mit dem Überflüssigen ausgestattet wird, das heißt, mit etwas, das für manche überflüssig ist. Aber ein Kind, dem gesagt wird: »Gott gibt es nicht«, sieht um sich herum unerbittliche Mauern emporwachsen: und wenn es eines Tages Gott haben möchte, wird es ihn jenseits dieser öden Mauern suchen müssen.

Wie einer, der nicht glaubt, einem Kind antworten kann, das ihn nach Gott fragt, weiß ich nicht. Das einzige, was mir sicher erscheint, ist, daß man die Worte »Gott gibt es nicht« nicht sagen darf. Einer, der nicht glaubt, soll lieber antworten: »Ich glaube, daß es Gott nicht gibt. Aber ich weiß es nicht. Andere denken, es gibt ihn. Die Wahrheit weiß keiner.«

Wir haben heute entdeckt, daß man Kinder nicht belügen darf. Das ist wahr. Aber über Gott muß einer, der nicht glaubt, ein Kind anlügen: das heißt, er muß Zweifel äußern, auch wenn er innerlich nicht den geringsten Zweifel hat.

Eine Welt, in der es keinen Gott gibt, und in der der Tod ein Platz auf dem Friedhof ist, wo man sich für immer schlafen legt, ist genau das Gegenteil von all dem, was ein Kind mag und will. Ein Kind haßt es zu schlafen; es haßt und fürchtet die Langeweile. Vielleicht haßt es Schlafen und Langeweile genau deshalb, weil beides etwas ist, das dem Tod ähnelt; dem, was der Tod, so scheint es ihm, sein muß, wenn es Gott nicht gibt. Angenommen, man endet nicht unter der Erde, sondern wird in den Weltraum geschleudert, so ist die Aussicht, dort für immer ohne Gott zu bleiben, fast noch düsterer. In der Einsamkeit des Weltraums wird die Langeweile grenzenlos sein; es wird nichts geschehen, niemand wird kommen; der Himmel wird schwirren und surren wie eine Hornisse; Sterben wird sein, in dieses nutzlose, schläfrige Surren einzugehen. Die Ewigkeit des Todes verursacht einem Kind namenlose Angst und Langeweile; sein einziges Glück ist, daß es ihm schwerfällt, sich das Wahre vorzustellen: nämlich daß, wenn es Gott nicht gibt, sterben nicht schlafen und nicht sich langweilen bedeuten wird, sondern eben sterben.

So schweigt der, der nicht glaubt, oft so lange wie irgend möglich seinem Kind gegenüber, was den Tod betrifft. Ihm etwas darüber zu sagen, fällt ihm unendlich schwer: er bringt es kaum über sich. Er weicht jeder Frage aus. Eines Tages wird er sagen: »Gott gibt es nicht«, aber vorerst schweigt er. Und da fühlt das Kind, daß bei ihm zu Hause ein seltsames Schweigen zwei Wörter umgibt, an die es öfter denkt, weil es sie außerhalb gehört hat und weil es Wörter sind, mit denen sich das menschliche Denken schon früh auseinandersetzt, die Wörter »Gott« und »Tod«; und es fühlt, daß auch Schweigen über die Tatsache bewahrt wird, daß anderswo, in anderen Häusern, eine große Zahl von Leuten an Gott glaubt und betet. Und dies geschieht in einer Zeit wie der unseren, in der wir den Kindern weitschweifige Erklärungen über jeden Aspekt des Universums zu liefern pflegen; und jedem möglichen Problem, das sich den Kindern stellt, andächtige Aufmerksamkeit widmen; und in der wir den Geist der Kinder für so zart und zerbrechlich halten, daß jede Art Leiden, mit dem es in Berührung kommen könnte, uns eine Gefahr darzustellen scheint. Aber was Gott und den Tod betrifft, zieht sich unsere andächtige Aufmerksamkeit plötzlich zurück und funktioniert nicht mehr; bis dann der Tag kommen wird, an dem unsere Antwort, wenn ein Kind uns danach fragt, rasch, entschieden und schrecklich sein wird.

Im Augenblick wirkt es, als sei es dem Kind völlig gleichgültig, daß es Gott nicht gibt; es sieht so aus, als lebte es ganz sorglos in dem Gedanken, daß nach dem Tod nichts und niemand auf uns wartet. Wir meinen nicht, daß seine ausweichende Gleichgültigkeit Verstellung sein könnte. Wir glauben nicht an Gott und haben seit vielen Jahren unsere Vorstellung von einem surrenden, öden Himmel um uns; und wir haben stolze Gedankengebäude darum errichtet; wir sind der Meinung, einer neuen und edlen Spezies anzugehören, die keine

Angst vor dem Tod hat, die mit kühnen Augen auf die unbewohnten Horizonte blickt.

Vielleicht jedoch bringen sich viele von denen, die sich umbringen, deshalb um, weil sie als Kinder an den Tod gedacht haben und die Idee, die ihnen vorgesetzt wurde, nicht ertragen konnten. Sie bringen sich um, um schnell zu wissen, ob diese verlassene, unerbittliche, tödliche Idee wahr war.

Deshalb denke ich, daß derjenige, der nicht glaubt, einem Kind gegenüber keine andere Wahl hat, als zu lügen, was den Tod und Gott betrifft. Da es sowohl ein Übel ist zu schweigen, als auch, seine eigene Meinung ungeschminkt und wahrheitsgemäß zu sagen, und da es ein unermeßliches Übel ist, ist demgegenüber unser Bedürfnis, wahrhaftig und aufrichtig und unseren Überzeugungen treu zu sein, ein so dummes Bedürfnis, eine so armselige Aufrichtigkeit, daß es notwenig ist, sie beiseite zu schieben. Denn es handelt sich um eine Aufrichtigkeit, die auf uns selbst Rücksicht nimmt, nicht aber auf unseren Nächsten; und am Ende ist es gar keine Aufrichtigkeit, sondern Diebstahl: denn dadurch wird einem Kind, vielleicht für immer, Gott und die Hoffnung, nie zu sterben, genommen. Gott zu erfinden und von ihm zu sprechen wie von einem Wesen, das es gibt oder geben könnte, dem nach dem Tod zu begegnen wir das Glück haben oder haben könnten, und das Paradies als einen Ort auszumalen, wo wir alle Menschen wiederfinden, die wir verloren haben, und wo wir alles haben werden, was wir im Leben hatten, und sogar noch viel mehr, ist etwas, das dem, der nicht glaubt, natürlich größten Abscheu einflößt, und das Gefühl, sich zu erniedrigen und Lügen voller demütigender Nichtigkeit auszusprechen; aber diese seine Gefühle zählen nicht, da es sich um eine Frage von wesentlicher Bedeutung handelt.

Denn alles, was den Tod angeht, und alles, was Gott angeht, ist sowohl für denjenigen, der glaubt, wie für denjenigen, der nicht glaubt, von wesentlicher Bedeutung: und es gibt keinen Zweifel, daß es die einzige wirklich wesentliche Sache ist, an die wir manchmal denken.

ALLUMFASSENDES MITLEID

Ich denke, das größte Unglück, das den Menschen heute zugestoßen ist, besteht darin, daß es so schwierig ist, bei den Dingen, die geschehen, die Opfer und die Unterdrücker zu unterscheiden. Bei allem, was geschieht, sei es privat oder öffentlich, verfolgt unser Gedanke eine Weile verzweifelt die Ursachen, die zu der Begebenheit geführt haben, und die eventuellen Schuldigen, doch schließlich gibt er bestürzt auf, da ihm die Ursachen zahllos und die Wirklichkeit zu verwickelt und komplex erscheinen, als daß der Mensch ein Urteil darüber fällen könnte. Wir haben entdeckt, daß jede Begebenheit, ob privat oder öffentlich, nicht isoliert betrachtet und beurteilt werden kann, weil sich darunter, wenn man in die Tiefe geht, unendliche Verästelungen anderer Begebenheiten erstrecken, die jener vorausgegangen sind und ihren Ursprung darstellen. In einem solchen unterirdischen Labyrinth die Schuldigen und die Unschuldigen aufzuspüren, erscheint als hoffnungsloses Unterfangen. Die Wahrheit scheint von einer Stelle zur anderen zu springen, zu entgleiten und in den Schatten zu huschen wie ein Fisch oder eine Maus.

Wir haben, bei privaten wie öffentlichen Begebenheiten, mit eigenen Augen gesehen, daß jene, die wir geliebt und als Opfer bedauert haben, sich plötzlich verwandeln, uns auf einmal im hassenswerten Gewand der Grausamkeit und Verfolgung erscheinen können. Uns jedoch gelingt es nicht, in ihnen nicht die Opfer von einst zu sehen. Ob wir sie weiterhin verstehen und als Opfer bemitleiden oder sie vielmehr einzig und allein nach ihrem neuen Aspekt beurteilen müssen, wissen wir nicht. Zudem erscheint es uns grauenhaft und unverständlich, daß sie, die Opfer gewesen sind, Gewalt gegenüber ihresgleichen ausüben können und in ihresgleichen nicht diejenigen erkennen, die sie selbst gestern waren.

Uns ist klar, daß es, wenn man in die Tiefe geht, kein menschliches Wesen, keinen menschlichen Zustand gibt, die nicht Ungerechtigkeit erlitten haben und Verständnis verdienen. Aber in einem solch allumfassenden Verständnis kann über niemanden gerichtet, kann niemand verurteilt werden. Die individuelle Verantwortung und das moralische Urteil scheinen auf diese Weise dazu bestimmt zu sein, von der Erde zu verschwinden.

Die Älteren unter uns erinnern sich indessen ganz genau an eine nicht sehr ferne Zeit, in der es äußerst einfach war, sich auf die eine oder andere Seite zu stellen und in der Welt rundum Recht und Unrecht zu unterscheiden. In jener Zeit stand das Bild der Wahrheit klar und unverwechselbar und unverbrüchlich vor uns und man wußte immer, wo sie angesiedelt war. Niemals hätten wir damals gedacht, sie könnte uns eines Tages verborgen und flüchtig erscheinen. Nicht nur die Begebenheiten, die früher geschahen, waren einfach zu beurteilen, da sie sich unseren Augen in klaren Farben darboten und über ihnen ein sonnenklares Bild der Wahrheit strahlte. Und nicht nur hatten wir in unseren Gedanken eine viel weniger dichte und weniger unermeßliche Realität vor uns, in der wir uns sicher in der Empörung und in der Zustimmung bewegten; sondern in uns hatte sich damals noch nicht die Idee eingeschlichen, Unschuld und Schuld seien sehr oft vermischt und so fest miteinander verschlungen und verknotet, daß der Mensch, mit seinem inadäquaten und groben Maßstab und mit seinen armseligen Sinnen, nicht in der Lage ist, sie zu entwirren. Es hatte sich in uns noch nicht die Idee eingeschlichen, daß der Mensch schwach und unvorbereitet vor der Komplexität der Tatsachen steht. Das Bewußtsein unserer Unfähigkeit, das Wahre herauszufinden und zu verfolgen, durch Millionen von Implikationen, Erklärungen und Verästelungen, ist für uns eine Quelle tiefer Unglücklichkeit.

Im Angesicht jeder einzelnen Tat, die wir spontan als grausam und ungerecht bezeichnen würden, sagen wir uns oder wird uns gesagt, daß es an anderen Orten der Welt noch ungerechtere, grausamere und blutigere Dinge gibt. So wird der Augenblick der Empörung für uns immer hinausgezögert oder woandershin projiziert. Wenn wir glauben, das Übel oder einen Schuldigen in einer präzisen Person erkannt zu haben, über der wir unseren berechtigten Haß ausgießen möchten, sagen wir uns oder wird uns gesagt, daß hinter dieser Person Institutionen, Mächte, Interessenverflechtungen stehen und daß diese Person, wenn man sie aufmerksam betrachtet, im Grunde nichts anderes ist als ein wehrloses und schuldloses Opfer. Darüber hinaus haben wir verstanden oder wird uns gesagt, daß unsere individuelle Empörung oder Zustimmung keinerlei Bedeutung haben und daß das Wesentliche nicht ist, sich zu empören oder zuzustimmen, sondern die Ursachen und Ursprünge jeder Tatsache zu studieren. Wir denken oder es wird uns gesagt, es sei dumm, unseren gewohnten Maßstab von Gut und Böse anzulegen. Wir selbst bezeichnen ihn als grob, unpassend und überholt. Wenn wir ihn benutzen, kommt es uns vor, als benutzten wir einen Spaten, obgleich doch unsere Gliedmaßen und unser Geist längst an Zirkel und Rechenmaschinen gewöhnt sind. Wir schämen uns, einen so hausbackenen und groben Maßstab anzulegen. Und dennoch denken wir, daß er gleichwohl, so lächerlich und von uns als grob definiert er auch sein mag, ein Werkzeug von unersetzlicher Qualität darstellt. Ohne ihn ist die Welt für uns gänzlich unentzifferbar. Es stimmt, er ist ein unangemessener Maßstab, in dem Sinn, daß wir uns heute vor einer dichtbevölkerten und unermeßlichen Ausdehnung befinden, und es stimmt, unsere Gliedmaßen, geschwächt und voller Zweifel, wissen nicht mehr, wie man ihn anlegt. Vielleicht wäre das Geheimnis, ein solches Instrument gelenkiger zu machen, subtiler und sensibler, es in etwas zu verwandeln, das sich zusammen mit unserer Intelligenz bewegt. Doch wir kennen dieses Geheimnis nicht und sind sehr weit davon entfernt, es zu lüften. So fällt uns das Instrument des Guten und des Bösen aus den Händen wie ein Spaten und wir können nur seine Grobheit und Armseligkeit beklagen.

Bei jeder Sache, die privat oder öffentlich geschieht, deren Zeugen oder Protagonisten wir sind, ist unsere instinktive Reaktion, Empörung oder Zustimmung zu empfinden. Wir sind voller Liebe und Haß, und wir wüßten gern immer und in jedem Augenblick, wohin damit. Da wir nicht wissen, wohin und auf wen wir sie richten sollen, weil wir uns sagen oder uns gesagt wird, daß die individuelle Verantwortung in einer derartigen Komplexität von sehr geringer Bedeutung ist, tragen wir auf unseren Armen eine sehr schwere Ladung von Liebe und Haß und wissen nicht, welchen Gebrauch wir davon machen sollen. Sie verdirbt und verfällt auf unseren Armen und zu unseren Füßen, und wir richten unterdessen einen von Müdigkeit und allumfassendem Mitleid getrübten Blick auf die Wirklichkeit.

Da wir uns davon entmutigt fühlen, unserem moralischen Urteil einen Wert zuzuschreiben, und uns sehr schämen, es zu benutzen, finden wir heute nichts mehr zu unserer Verfügung außer einem großen Mitleid mit uns selbst und dem gesamten Universum. Mit dem allumfassenden Mitleid sind wir absolut sicher, keinen Fehler zu machen. Es scheint uns das einzige Gefühl zu sein, dem wir uns überlassen können, ohne Irrtümer zu begehen. Daß in uns und Unseresgleichen so viel überfließendes Erbarmen vorhanden sein soll, wirkt seltsam, denn die Welt, die wir um uns haben, und die Dinge, die darin geschehen, sind höchst grausam und erbarmungslos, und man entdeckt darin nie auch nur einen Schatten jener tiefen Barmherzigkeit, die in unserem Geist herrscht. Vielleicht ist das so, weil unsere allumfassende Barmherzigkeit weder von der Intelligenz noch von einem wirklichen Willen, die Welt zu verbessern und selbst besser zu werden, gestützt wird, sondern einfach Frucht von Mühsal und Verwirrung ist. Sie ist einfach wie ein nervöser Weinkrampf, nach dem wir uns ermattet aber nicht anders fühlen. Darüber hinaus wissen wir, daß wir, wenn wir weinen, keinen

Fehler machen, weil ohne jeden Zweifel feststeht, daß die Welt, in der wir leben müssen, Tränen verdient.

In einer so gearteten Welt bekommen die Sieger sehr leicht hassenswerte Gesichter. Der Sieg nimmt sofort riesige, monströse und unwirkliche Ausmaße an, da keinerlei Verbindung mit der Gemeinschaft der Menschen mehr besteht. Da unsere Welt eine Welt von Unglücklichen und Schwachen ist, haßt sie es, Sieger hervorzubringen, weil sie weiß, daß die Sieger sogleich unmenschliche Gewohnheiten und unwirkliche, finstere und unheimliche Formen annehmen werden. Deshalb wissen wir nicht, auf welcher Seite wir stehen sollen, fühlen uns aber auf jeden Fall zur Seite derjenigen hingezogen, die verlieren. Es ist das einzige, was wir tun können auf unserer verzweifelten und wirren Suche nach jemandem, den wir lieben können, ohne Fehler zu machen. So treffen wir vielleicht keine moralische Wahl, sondern gehorchen eher instinktiv einer Wahlverwandtschaft. Eine glückliche Welt, in der die Sieger nicht hassenswert sind, können wir uns gar nicht vorstellen. Nur die, die verlieren, so scheint es uns, können wir als unseresgleichen wiedererkennen, weil wir, wenn wir sie unglückliche, mit Füßen getretene Opfer nennen, zumindest im Augenblick sicher sind, uns nicht zu irren.

EINIGE GEDANKEN ÜBER DIE KÖNIGE

Gestern, am zweiten Juni, dem Fest der Republik, bin ich zu einem Empfang in den Gärten des Quirinals, der Residenz des Präsidenten, gegangen. Ich war schon öfter dort; und ich habe gemerkt, daß ich jedes Jahr die gleichen Dinge denke. Erstens, daß ich gerne im Quirinal wohnen würde; zweitens, daß wir diese schönen Gärten immer nur sehen, wenn sie von den Leuten, den Uniformen der Wächter und den Tischen des Buffets verunstaltet sind, und daß es wunderbar sein muß, sie verlassen und menschenleer sehen zu können; daß die Orte nur schön sind, wenn sie menschenleer sind; daß dies jedoch ein verwerflicher Gedanke ist, weil die schönen Gärten und die Paläste eigentlich öffentliches Eigentum und deshalb immer voller Leute sein müßten; und schließlich, daß ich nicht als Präsident der Republik sondern als König im Quirinalspalast wohnen möchte. Warum mir dort jedesmal ein solcher Gedanke durch den Kopf geht, weiß ich nicht: Und ich schwöre, ein Königreich ist in Wirklichkeit das letzte, was ich auf der Welt anstrebe.

Wenn ich kein Staatsoberhaupt, sondern lieber ein König sein möchte, so deshalb, weil ich mir die Tätigkeit eines Staatsoberhaupts nicht vorstellen kann; als König aber könnte ich beschließen, nichts zu tun. Darüber hinaus müßte ich als Staatsoberhaupt nach einigen Jahren wieder ausziehen, und das täte mir leid; ich würde gern das ganze Leben dort bleiben, wie die Könige. Es ist allerdings wahr, daß auch die Könige manchmal aus ihren Palästen vertrieben werden, so wie der letzte König, der an diesen Orten wohnte; daher fange ich an zu denken, daß ich gern ein König aus anderen Zeiten wäre, aus Epochen, in denen es schwierig war, sein Reich zu verlieren. Heute sind die wenigen Könige, die es noch auf der Welt gibt, gewiß weder in einer stabilen noch in einer sicheren Lage: es sind wenige Versprengte, und die, die noch auf ihrem Thron sitzen, scheinen fast genauso zu leben wie die, die ihren Thron verloren haben: so daß wir uns bei manchen von ihnen, wenn wir sie in den Illustrierten im Schnee oder am Meer abgebildet sehen, anstrengen müssen, um uns zu erinnern, ob sie nun im Urlaub oder im Exil sind.

Der Gedanke an den letzten König, der im Quirinal wohnte, Viktor Emanuel III., führt mich zu meiner Kindheit zurück, als er noch herrschte; ich sehe sein Gesicht auf den Briefmarken und auf der Titelseite der Sonntagsbeilage des »Corriere« wieder vor mir (damals gab es noch keine Illustrierten), faltig und nervös, die Stirn gerunzelt unter der Schirmmütze, die kurze Gestalt in eine Militäruniform gezwängt, wie er manchmal auf dem Bildschirm erschien; grazil und kein bißchen königlich, immer ärgerlich wegen der hochgewachsenen Statur der Person, die neben ihm stand – seine Frau oder Mussolini –, und immer sehr schlechter Laune, vielleicht beunruhigt, weil er undeutlich wußte, daß er nur noch wenige Jahre über sein Reich zu herrschen hatte.

Ich gestehe, daß ich als Kind Anhängerin der Monarchie war: aus Widerspruchsgeist, weil mein Vater ein Anhänger der Republik war, und aus Neid, weil ich gern selbst ein König gewesen wäre. Meine monarchistischen Gefühle waren so glühend, daß ich jedesmal errötete, wenn der König genannt wurde; und sehr geheim, da ich mich ihrer dunkel schämte, weil ich vermutete, daß der König keine große Achtung verdiente; so daß ich nie einer Menschenseele ein Wort darüber verriet. Wenn ich an jene Jahre zurückdenke, habe ich das Gefühl, als hätte ich zwei Hemisphären vor mir gehabt; eine märchenhafte, kindliche und wirre Hemisphäre, wo der König, gekleidet in feldgraues Tuch, aber mit Purpur- und Hermelinbesatz, herumschwirrte: gereizt, aber harmlos, vielleicht ein großer Angsthase, wie mein Vater sagte, aber unschädlich und bemitleidenswert, wie meine Mutter ihn sah, und jedenfalls von mir verehrt und mit schmeichelhaften Eigenschaften ausgestattet; und eine Hemisphäre, die aus wahren Dingen bestand, dem Faschismus, eine düstere, blutige Hemisphäre, mit Aufmärschen und schwarzen Federbüschen, angesiedelt an wahren, sehr genau bestimmbaren Orten, den Straßen und Alleen in Turin rund um mein Haus: und er besaß die Macht, diese Orte mit seiner Anwesenheit zu trüben und auch, sie in ein finsteres Todesszenario zu verwandeln. Denn der Widerspruchsgeist, der mich heimlich eine Freundin des Königs sein ließ, wirkte nicht in mir bezüglich des Faschismus, den ich haßte, da ich wußte, daß meine Eltern ihn haßten, und der mir Schrecken einflößte.

Wenn ich allein spielte, unterhielt ich mich mit dem König und gab ihm Ratschläge, wie er Italien regieren solle. Außerdem unterbreitete ich ihm Möglichkeiten, Italien zu retten, den Faschismus zu stürzen und Mussolini zu töten; unsere Gespräche fanden gewöhnlich in einem Gang seines Palasts statt, einem von mir erfundenen Ort, den ich jedoch noch heute vor mir sehe, als gäbe es ihn wirklich, blank gebohnert und voller Säulen; und dort, wohin ich vorgedrungen war, indem ich mich zwischen Soldaten und Wächtern durchschmuggelte, plante ich mit dem König und der Königin schlaue Verschwörungen. Ich hatte mich in der Tat zum Minister ernannt. Was ich am König liebte, war genau das, was uns als Erwachsene dazu bringt, die Monarchie abzulehnen, nämlich die Tatsache, daß er vom Zufall erwählt worden war, ohne irgendein besonderes eigenes Verdienst: ich beneidete ihn um dieses Schicksal und bemühte mich, es zu teilen oder wenigstens davon mitbetroffen zu sein. Sehr viel später, als ich längst aufgehört hatte, Monarchistin zu sein und mir ruhmreiche Unternehmungen an der Seite des Königs auszudenken, interessierte ich mich dennoch in Erinnerung an jenen alten, geheimen Freundschaftsbund dafür, was dem König geschah; und noch viel später, in den Tagen des Waffenstillstands, als ich erfuhr, daß er geflohen war, hielt ich einen Augenblick in der Flut des Hasses inne, um zu weinen über den Verrat und das erbärmliche Ende jenes Freundes aus meiner Kindheit und die Ruinen jenes Säulenganges, indem ich mit ihm Komplotte ausgeheckt hatte und den es nur in meiner Phantasie gab. Denn über unsere Reaktionen auf Tatsachen, die uns im Erwachsenenleben geschehen, breitet sich auf seltsame Weise ein geheimes Spinnennetz, das aus unseren Kindertagen gewoben ist; und im Halbschatten unserer Seele gedeiht eine Flora und eine Fauna, die keinerlei Beziehung zu unseren im Lauf der Zeit gereiften Überzeugungen, zum Denken und zur Vernunft hat.

Es gibt vor allem eine Stelle, die mir in den Gärten des Quirinals sehr gefällt, ein grasbewachsener Platz mit einer steinernen Balustrade, von wo aus man die Stadt von oben überblickt. Und Rom ist ja unterdessen nur noch von oben gesehen schön, weil man sich in seinen Straßen von einem Strom von Autos beengt bewegt; von oben gesehen, wird jener Autostrom eins mit dem Sonnenuntergang und den Wolken, mit den Bäumen, dem Fluß, den Brücken und den Brunnen; wäre ich Herr über jene Orte, würde ich mich immer dort aufhalten, in Gesellschaft der grau-rosa Dächer, über die die Tauben fliegen; von oben sieht auch jener Strom von Autos aus wie ein Taubenschwarm und macht ein Geräusch, das durch die Entfernung dem Gurren der Tauben ähnlich wird, ein tierisches, gutturales, sanftes Geräusch, das nicht die Stille zerreißt, sondern selbst aus Stille zu bestehen scheint. So würde ich gerne für immer über jene Orte herrschen, mit Hunden und Dienern. Während ich Staunen empfinde über solch einen Wunsch, der in nichts meinen wahren Wünschen und Absichten gleicht, frage ich mich, ob das, was ich möchte, die Macht ist, oder ob ich nur Einsamkeit und Stille möchte. Ich glaube nicht, daß ich die Macht liebe; ich wüßte nicht, wie ich sie benutzen sollte. Die einzige Macht, die ich gerne hätte, wäre, mir in der Stadt die Wohnung auszusuchen, die mir am meisten gefällt: die einzige Herrschaft, die ich gerne hätte, wäre die Herrschaft des Blicks. Es ist allerdings wahr, daß man, um Einsamkeit und Stille und die Herrschaft des Blicks über die Städte zu haben, weder ein König noch ein Staatsoberhaupt sein muß; es genügte, ein Mönch in einem Kloster zu sein: die Klöster stehen oft auf hohen Hügeln und blicken über Ebenen und Städte. Aber ich möchte kein Mönch sein, das Leben der Mönche macht mich weder neugierig noch zieht es mich an: diese Art von himmlischem Frieden und die Gesellschaft anderer ins Gebet vertiefter Mönche würde mich zu Tode langweilen; und in der Tat habe ich, wenn ich schöne Klöster sah, oft gedacht, wie vergeudet diese schönen Orte waren. Am liebsten wäre ich wirklich ein König. Ich wäre ein König, der nichts wollte, wenn erst einmal mein Wunsch nach der Wahl des Ortes, wo ich lebte, befriedigt wäre; und ich wäre ein König ohne jede Beschäftigung; ich wollte keine Soldaten um mich, und ich würde darum bitten, daß man mir gestattete, an keinem öffentlichen Fest teilzunehmen; ich würde einfach dort stehen, an die Balustrade gelehnt, vollkommen nutzlos, vielleicht glücklich. Ich weiß nicht, ob ich Bücher schreiben würde; früher glaubte ich einmal, die ideale Voraussetzung zum Schreiben wäre, an einem wunderbaren Ort zu sein und Muße, Einsamkeit und Stille zu haben; doch dann habe ich entdeckt, daß man in einer solchen Lage gar nicht mehr schreibt, sondern sich wie einbalsamiert fühlt, und man vielmehr an unwirtlichen, unbequemen Orten mit Gewinn schreibt, in Angst, im Unbehagen und im Lärm.

Jedesmal beim Empfang im Quirinal zum Fest der Republik frage ich mich, ob auch die anderen, die ich durch jene Gärten wandeln sehe, in den Falten ihres Geistes einen ähnlichen dummen Traum verbergen: ein Monarch zu sein und für immer am schönsten Ort der Stadt zu leben. Ich glaubte, man müßte sich, wenn man älter wird, von dieser Art von Traum befreien; doch sie vegetieren weiter in unserer Seele dahin, wie Pilze oder Moos im dichten Unterholz; und es tötet sie weder das Wissen, daß sie sich nie verwirklichen werden, noch das Wissen, daß sie keinerlei Sinn haben. Aus solch einem Traum entsteht in mir sofort sein Gegenteil, der Wunsch, nichts zu haben und nichts zu sein, der Wunsch, nicht nur niemals das Quirinal zu besitzen, sondern nicht einmal eine Blechschüssel; und der Gedanke, daß ich, wäre ich ein König, verzweifelt wäre, weder den Raum noch die Stille lieben könnte und von einem so unerbittlichen Schuldgefühl überwältigt würde, daß ich mich wie ein Paar alte Pantoffel in den abgelegensten Winkel jenes Ortes werfen und wie leblos dort liegenbleiben würde.

SO IST ROM

Obgleich sie alles zu tun scheint, um so häßlich wie möglich zu sein, finde ich diese Stadt, in der ich lebe, die Stadt Rom, immer wunderschön. Abgesehen davon, daß ich sie wunderschön finde, ist sie mir lieb, und ich möchte sie aus keinem Grund auf der Welt verlassen. Es ist jedoch sehr schwierig geworden, sie zu lieben und auch, sie zu bewohnen, da sie inzwischen ein Autodickicht ist. Wenn es je eine Stadt auf der Welt gab, die wie dafür geschaffen war, darin zu Fuß zu gehen, so war es Rom, und die Autos scheinen sie hinterrücks und wie ein Unglück überfallen zu haben. Man versteht nicht, wer diese Autos gewollt hat, denn alle verfluchen sie. Sie ufern in der Stadt aus wie ein Fluß, der Hochwasser hat, sie scheinen aus dem Bauch der Erde ausgespien worden zu sein, und zuweilen erfüllen sie die Stadt mit einem langen, erbitterten und höhnischen Schrei, der zugleich die Leute zu verspotten und um Hilfe zu flehen scheint.

Die Städte, die wir als Erwachsene gewählt haben und die zu unseren werden, sind zugleich das, was wir uns in der Kindheit unter ihnen vorgestellt haben, ohne sie zu kennen, das, was uns von ihnen erschienen ist, als wir sie das erste Mal gesehen haben, die Sehnsucht, die wir empfunden haben, wenn wir ihnen fern waren, und schließlich die Gefühllosigkeit oder Wut, mit der wir in ihnen umhergehen, da wir sie schon so viele Jahre bewohnen. Die Gefühle, die sie nach all den Jahren in uns wecken, sind nicht anders als die Gefühle, die die Menschen in uns wecken, wenn sich durch eine lange und alltägliche Gewohnheit des Zusammenlebens Unduldsamkeit und Wut in die Zuneigung mischt. Irgendwann merken wir, daß die Unduldsamkeit und die Wut, die wie Flechten über die Zuneigung gewachsen sind, die Zuneigung nicht abgenutzt, sondern sie vielmehr stärker, tiefer und unauslöschlicher gemacht haben. Dann suchen wir in der Erinnerung nach den fernen Bildern jener Personen oder jener Orte, als sie uns zum ersten Mal entgegengekommen sind, und wir noch nicht wußten, ob es sich um eine nebensächliche oder flüchtige oder vielmehr eine dauerhafte und wesentliche Begegnung handelte.

Die Städte, die wir als Erwachsene gewählt haben, pflegen wir in Gedanken oft mit den Städten zu vergleichen, in denen wir unsere Kindheit verbrachten. Oft gratulieren wir uns selbst dazu, an den Orten der Kindheit unsere Wurzeln ausgerissen und an anderen Orten neue Wurzeln und Gewohnheiten gebildet zu haben. Das Seltsame ist, daß wir, auch alt geworden, weiterhin einen besondern Stolz empfinden, fern von den Landschaften unserer Kindheit Wurzeln geschlagen und Gewohnheiten angenommen zu haben. Der Grund für diesen Stolz ist uns dunkel, weil wir im allgemeinen keinerlei Verdienst irgendwelcher Art daran haben, daß wir aus unserer Ursprungsstadt fortgegangen sind. Und dennoch weht über den Städten, die wir uns als Erwachsene gewählt haben, bis zum Ende unserer Tage unerklärlicherweise die Fahne unseres Stolzes.

Früher, als ich erst seit kurzer Zeit in Rom lebte oder wenn ich voll Sehnsucht an die Stadt dachte, während ich ihr fern war, pflegte ich innerlich die Gründe aufzuzählen, weshalb ich dachte, die Stadt zu lieben. Ich dachte, ich liebte an ihr einen seltsamen Hang, klein zu erscheinen, obwohl sie riesig war. Nachts hatte man in Rom den Eindruck, man spazierte durch die Gassen eines Dorfes. Was sie einem Dorf gleichen ließ, waren vielleicht die Katzen oder die Stille oder der völlige Frieden mancher großen, menschenleeren Plätze oder die Tatsache, daß man überall die seltsame Nähe einer unsichtbaren, bewaldeten und endlosen Campagna spürte. Wieso das Land so nahe zu sein schien, daß es wirkte, als hätte man – obgleich wir von Stein umgeben waren – im Dunklen eine raschelnde Ebene mit Feldern und Bäumen um sich, weiß ich nicht. Wir konnten uns auf eine Freitreppe setzen, die Katzen, das Gras, den Mond, die Brunnen und die Ruinen betrachten und eine seltsame, ländliche und feierliche Stille genießen. Wir konnten denken, es sei Sommer, obwohl es vielleicht gerade Winter war. Ich fand, daß die Jahreszeiten in dieser Stadt oft ineinanderflossen, und dies schien mir, die ich in Turin aufgewachsen war, etwas Außerordentliches. Ich war an die endlosen, eisigen Winter in Turin gewöhnt, wenn Nebel und Dunkelheit die Stadt in einem strengen, undurchdringlichen Schlaf festhalten und erstarren lassen. Ich dachte, daß Rom niemals ganz in den Winter eintauchte, weil man immer, jenseits der Kälte, einen seltsamen Hauch von Müßiggang, von Ferien und von Sommer erhaschen konnte. Ich dachte, daß es ein Ort war, wo immer etwas Unvorhergesehenes geschah. Wenn es regnete, wurde die ganze Stadt zu einer riesigen Pfütze, auf einmal wehte dich von ich weiß nicht woher im Regen die Lauheit und Helle des Frühlings an. An einem von dicken gelben Wolken schweren Himmel konnte sich auf einmal ein flammendroter Sonnenuntergang entzünden. Dies waren die Gründe, weshalb ich dachte, die Stadt gefiele mir. Es ist aber auch wahr, daß ich mich in den ersten Jahren, in denen ich in Rom wohnte, vor Sehnsucht nach Turin und seinen endlosen Wintern verzehrte. Wenn ich durch Rom ging oder an die Balustraden trat und dachte, wie lau und sanft der Stein hier immer war, empfand ich eine tiefe Sehnsucht nach Turin und genau gesagt nach einer Straße in Turin, der Via Nizza. Warum ich mich so nach der Via Nizza sehnte, weiß ich nicht. Es war eine Straße in einem Stadtviertel, in dem ich gewohnt hatte, aber nicht die Straße, in der sich mein Haus befand. Jedenfalls hätte ich wer weiß was gegeben, um in der Via Nizza zu sein, zwischen den hohen, im Frost verplombten Häusern umherzugehen und Nebel, Winter und Melancholie zu atmen.

Ich glaube übrigens, in meine Zuneigung zu Rom mischte sich am Anfang gerade die Sehnsucht nach meiner Herkunftsstadt, also Turin, von der mich damals der Krieg trennte. Unsere Gefühle für die Städte sind, wie die für die Menschen, immer sehr wirr und mit allen möglichen Dingen vermischt. Sicher ist jedoch, daß wir die Städte, wie die Menschen, nicht aus den Gründen lieben, die wir innerlich aufgezählt haben. Ich sehe heute in Rom nicht einmal einen Schatten der Aspekte, derentwegen ich früher behauptete, die Stadt zu lieben. Nun ist es hier nicht mehr möglich, den Himmel zu betrachten oder die Jahreszeiten zu bemerken. Es ist einfach nicht mehr möglich, mit der Stadt ein Wort oder einen Blick der Zuneigung zu wechseln. Die Autos erobern die Bürgersteige. Es ist, als hätten die Autos die Stadt überfallen wie eine heimtückische Krankheit. Und nichts scheint hier nun so fern und weit weg zu sein wie die Campagna. Es gibt immer noch die Katzen und die Ruinen, aber es kommt uns nicht in den Sinn, sie zu betrachten, weil man sie hinter den Autos suchen müßte. Nachts wirkt Rom natürlich nicht mehr wie ein Dorf. Aber es wirkt auch nicht wie eine große fiebernde Stadt, weder nachts noch am Tag, Tatsache ist, daß es wie gar nichts wirkt. Als wüßte es nicht mehr, was es sein solle. Nachts fahren die Autos vereinzelter, aber die Stille in den Straßen ist jetzt nie ruhig und tief. Es ist eine Stille ohne Frieden, eine Stille der Erwartung, der Müdigkeit und Ermattung. Es ist eine Stille, in der noch das Echo jenes markerschütternden, klagenden Schreis nachklingt, des Schreis der an den Verkehr gebundenen Autos, und die ganze Stadt wartet darauf, daß jener Schrei in kürzester Zeit wieder anfängt mit seinem quälenden, höhnischen Flehen um Hilfe. Rund um die Stadt sind Häuser aus dem Boden gewachsen und wachsen immer noch weiter, die der Stadt nicht ähnlich sind und sich untereinander nicht gleichen; sie sind zwar alle grauenhaft, doch gelingt es einem jeden, auf seine ganz besondere Weise grauenhaft zu sein. Es sind Häuser, die sich, kaum fertiggebaut, mit Aussatz bedecken und uralt aussehen. Auch sie wissen nicht, was sie sein sollen, Stadthäuser oder Landhäuser, und scheinen doch eine Beziehung zum Stadtzentrum zu wünschen, aber die einzige Ähnlichkeit, die sie mit dem Zentrum der

Stadt verbindet, ist, daß auch sie sich in der Umklammerung durch die Autos winden. Vor Jahren schon hatte die Stadt ein Gestrüpp aus neuen Häusern um sich, ein wirres, mißgebildetes, fragiles Gestrüpp, aber sie schien in ihrer allerhöchsten und selbstvergessenen Gleichgültigkeit jede Art von Mißbildung aufzunehmen und zu ertragen. Nun wirkt es, als sei in ihrer Gleichgültigkeit, die dazu bestimmt zu sein schien, ewig zu dauern, eine unklare Müdigkeit, eine Ratlosigkeit und eine heimliche Traurigkeit aufgekommen, in dieser Stadt, die nie müde, nie ratlos, nie traurig war. Es ist die Traurigkeit darüber, ihre wesentliche Natur verloren zu haben und unfähig zu sein, eine andere zu entwickeln. Das ist Rom heute, die Stadt, die mir nicht mehr gefällt und niemandem mehr zu gefallen scheint und die wir dennoch alle lieben, weil man die Städte wie die Lebewesen in Wirklichkeit ohne jeden Grund oder aus einem Wirrwar von Gründen liebt, die für jeden anders sind. In Rom war ich während des Krieges in einem Kloster an der Via Nomentana versteckt und teilte das Zimmer mit einer alten Wiener Jüdin, mit der ich Freundschaft schloß. Sie war sehr freundlich, und wenn ich hinausging, paßte sie auf meine wenige Monate alte Tochter auf. Da ich eine elektrische Kochplatte besaß, bat die alte Frau mich ab und zu, sie benutzen zu dürfen. Obgleich ich ihr mehrmals gesagt hatte, sie solle die Platte benutzen, wann sie wolle, kündigte sie mir dennoch jedesmal an, daß sie sie benutzen werde, um Tee zu kochen. An manchen kalten Nachmittagen setzte sie sich im Bett auf und sagte: »*Signora cara, io se fa té*«. Man wird mich fragen können, was diese alte Frau im Exil, die ich nie wieder gesehen habe und die vermutlich längst tot ist, mit meinen Gefühlen für die Stadt zu tun hat. Aber für mich sind die Via Nomentana und der dunkle Flur jenes Klosters und die hohen Fenster, die die Bäume streiften, unauflöslich mit der Erinnerung an jene winzig kleine Frau verbunden, die mit einem braunen Schal auf dem Bett saß und sich Tee kochte, und ich glaube, ich begann Rom zu lieben, als ich eine Art mütterlichen Schutz suchte bei der alten Frau, die ihrerseits meinen Schutz und meine Kochplatte begehrte. So erinnere ich mich, wenn ich durch die Via Nomentana komme, die nunmehr unter Autos begraben und nicht wiederzuerkennen ist, daran, wie lieb mir jene Straße ist und finde den Schlüssel der Zuneigung wieder, indem ich mir jene fernen Worte wieder vorsage: »*Signora cara, io se fa té*«.

DIE FRAUEN

Das erste, was bei den Frauen alt wird, ist der Hals. Eines Tages sehen sie im Spiegel ihren Hals voller Falten. »Wie ist das bloß passiert?« sagen sie und meinen: »Wieso ist das bloß mir passiert? Mir, die ich von meiner Natur her und für immer jung war?«

Sie hatten die Gewohnheit, sich das Gesicht mit Seife zu waschen. In den Zeitschriften, in denen von Hautpflege die Rede ist, steht, man dürfe das Gesicht nie mit Seife in Berührung bringen. Sie dachten jedoch, ihr Gesicht sei eine Ausnahme, es sei unempfindlich für Cremes und dafür gemacht, energisch eingeseift zu werden.

Dennoch fühlen sie, daß sich nach und nach in ihrem Kopf die Vorstellung festgesetzt hat, daß Seife sehr schlecht ist. Sie hören auf, sich das Gesicht einzuseifen. Sie kaufen Gesichtswasser und Reinigungsmilch.

Jeden Abend spritzen sie ein bißchen von der Milch auf einen Wattebausch, dabei kommt ihnen ein Satz in den Sinn, den sie in den Zeitschriften gelesen haben: »Behandle deinen Hals genauso wie dein Gesicht.« Jeden Abend kommt ihnen dieser Satz seltsam vor, weil sie denken, dem Hals müßte viel eingehendere und feinere Aufmerksamkeit gewidmet werden.

Indem sie ihre Haut mit Reinigungsmilch und Gesichtswasser reinigen, fragen sie sich, ob diese Substanzen zu etwas gut sind. Sie fragen sich, was zum Teufel wohl darin enthalten sei. Sie riechen an dem Fläschchen mit Gesichtswasser, finden es vollkommen geruchlos. Sie fragen sich, ob wirklich ein Unterschied zwischen diesem Wasser und dem Leitungswasser besteht. Unterdessen denken sie, daß es ihnen im Grunde ganz gleich ist, Falten zu haben. Die Male jedoch, die sie schlafengegangen sind, ohne Reinigungsmilch und Gesichtswasser zu benutzen, haben sie sich schuldig gefühlt, da sie gelesen hatten, daß ohne diese Substanzen »die Poren nicht atmen«. Sie haben auf einmal das Gefühl gehabt, ihr Gesicht sei von einer Kruste bedeckt, die es nicht atmen läßt.

Am Morgen kämpfen sie gegen die alte Gewohnheit, sich das Gesicht einzuseifen. Sie waschen es mit Leitungswasser, dann noch einmal mit Reinigungsmilch und Gesichtswasser. Den Hals jedoch seifen sie ein. Warum wissen sie selbst nicht. Die Worte »behandle deinen Hals genauso wie dein Gesicht« schieben sie am Morgen beiseite. Doch eine Weile summen diese Worte noch in ihnen herum wie ein dumpfer Vorwurf. Plötzlich fragen sie sich, warum ihr Kopf nur mit so idiotischen Problemen vollgestopft ist.

Mit vierzig haben sie begonnen, sich zu fragen, was sie tun könnten, um nicht jenes lächerliche, unsympathische und traurige Tier zu werden, das »eine Frau mittleren Alters« genannt wird.

Um ohne Grauen mit ihrem Sein zusammenzuleben, müssen sie an einem gewissen Punkt ihr Alter vergessen. Daher verbannen sie ihr Alter in einen geheimen Winkel des Denkens und leben nun, ohne je wieder einen Blick dorthin zu werfen. Sie wissen aber, daß in jenem Winkel, von Nebel eingehüllt, ihr Alter existiert. Nicht nur existiert es, sondern es wächst jeden Tag wie ein giftiges Unkraut.

Gleichzeitig streben sie danach, mit rasender Geschwindigkeit bis zur Erde gebückte, weißhaarige alte Frauen zu werden. Sie träumen von schlohweißen, lockigen Haaren, aufgelöst wie die Wollfüllung der Matratzen. Denn dann werden sie nicht mehr schwer auszuhalten und lächerlich sein, sondern verehrungswürdig und freundlich. Niemand wird mehr an ihnen die Zeichen des Alters feststellen, weil sie das Alter schlechthin verkörpern werden.

Sie stellen sich ihren schlohweißen Lockenkopf vor, eine Stickerei und einen Sessel. Da sie nie zu sticken pflegen, verstehen sie nicht recht, was sie mit der

Stickerei anfangen werden. Den Sessel sehen sie ins Leere getaucht. Auf einmal merken sie, daß ein solches Bild des Alters ein Bild ist, das ihnen aus Kinderjahren geblieben ist, das sie beiseite geschoben hatten und das plötzlich wieder auftaucht. Sie riechen seinen Naphtalingeruch. Es ist ein Bild, das sie vor langer Zeit in alten Fibeln gefunden haben. In Wirklichkeit ist es keineswegs gesagt, daß sie im Alter einen Sessel haben werden. Vielleicht werden sie gar nichts haben, wird ihr Haar ein ungepflegter, farbloser Wald sein, und sie werden an einer Straßenecke sitzen und ein leeres Tellerchen im Schoß halten.

Doch vorerst scheint ihnen die Zeit des wahrhaften Alters unerreichbar. Sie fühlen sich verzweifelt weit weg vom echten Alter. Unterdessen wissen sie nicht, was und wie sie sein sollen. Sie wissen nicht, wie sie sich anziehen sollen. Die offensichtlich für Frauen mittleren Alters bestimmten Kleider hassen sie. Und außerdem hassen sie Frauen mittleren Alters. Dennoch sind sie das. Sie wollten es nicht, aber das ist es, was sie sind. Begehrlich blicken sie in den Geschäften auf Blüschen und T-Shirts. Sie denken jedoch, daß diese Blüschen und T-Shirts an ihnen lächerlich aussehen würden. Wer weiß, wie eine Frau mittleren Alters angezogen sein muß. Man weiß es nicht. Niemand weiß es.

Sie kaufen sich Pullover mit Rollkragen. Doch wenn sie sie anziehen, denken sie beharrlich an ihren Hals, der im Rollkragen des Pullovers versteckt ist. Daher tragen sie diese Pullover nicht gern, sie denken nicht gern an ihren Hals, denn sie möchten ihn nicht verstecken, sondern vergessen, daß es ihn gibt. Sie legen die Pullover, in Cellophantüten verpackt, in die Schublade. Wenn sie die Schubladen öffnen, denken sie, wie wunderbar ordentlich sie mit dem Alter geworden sind. Sie denken auch, wie es ihnen nur in den Sinn kommen konnte, all diese Matrosenpullover zu kaufen, denn sie sind ja alles andere als Matrosen.

Heute alt zu werden, finden sie sehr kompliziert. Viel komplizierter als früher. Früher mußte es recht einfach gewesen sein. Sie finden auch, daß es heute für die Frauen viel komplizierter ist, alt zu werden als für die Männer. Warum, wissen sie nicht genau. Vielleicht, denken sie, haben die Frauen noch nie gewußt, wie oder was sie sein sollten, aber jetzt wissen sie es weniger denn je.

Früher, denken sie, war es klar, was man von den Frauen, die alt wurden, erwartete. Man erwartete von ihnen, in Frieden zu altern, sanft, mit ruhigen Schritten einem ruhigen Halbschatten entgegenzugehen. Jetzt wird von den Frauen erwartet, so lang wie möglich jung zu bleiben. Es wird von ihnen erwartet, dünn, gesund, unternehmungslustig und robust zu sein. Zugleich verlangt man aber auch von ihnen, rasch zu verschwinden, da es auf der Welt keinen Platz für alte Frauen gibt, die zwar vielleicht gesund und robust, stark wie Stiere, aber dennoch alt sind, das Gegenteil von Mädchen.

Die Frauen denken, daß es für die Männer fast das gleiche ist. Aber nicht ganz. Da die Männer als Herren der Welt betrachtet werden, werden sie vielleicht bis zuletzt ein wenig Raum finden, der den alten Frauen versagt wird.

Was die Frauen früher zu tun pflegten, wenn sie alt waren, auf die Enkelkinder aufpassen und Deckchen und Kissen sticken, hat sich zum Teil als vollkommen nutzlos, zum Teil als notwendig, aber nur provisorisch und zufällig notwendig, herausgestellt. Die Deckchen haben sich als nutzlos erwiesen, da die Leute begriffen haben, daß man Tabletts sehr gut ohne Deckchen benutzen kann. Was die Kissen angeht, so ist es nicht notwendig, sie zu besticken. Niemand glaubt mehr an die Beständigkeit der Gegenstände, daher fixiert niemand mehr den Blick auf Sofas und Tabletts. Es hat sich in der Welt eine starke Verachtung für Sofas und Tabletts breitgemacht. Die Frauen teilen diese Verachtung, sie haben sie in der Jugend selbst empfunden und haben sogar den Eindruck, daß sie bei den ersten Menschenwesen waren, die diese Verachtung im Universum verbreiteten. Als Mädchen haßten sie nämlich das Überflüssige und strebten nach dem Wesentlichen. Sie träumten von kahlen Wohnungen und leeren Wänden.

Dennoch war ihre Verachtung eine einfache Verachtung. Das, was sich nun rundum breitmacht, ist nicht mehr nur Verachtung, es ist unerträglicher Ekel vor den Gegenständen. Die Welt fließt über von Gegenständen und empfindet Ekel vor ihnen.

Die Frauen teilen diesen Ekel. Doch gleichzeitig können sie nicht umhin, in der Erinnerung die gestickten Deckchen und die soliden, behaglichen, warmen Wohnungen voller Vorhänge und Teppiche ihrer fernen Kindheit zu lieben.

Was die kleinen Enkelkinder angeht, die Kinder ihrer Kinder, so werden die Frauen zuweilen gerufen, um auf sie aufzupassen. Sie sind glücklich darüber, da sie sich auf einmal unentbehrlich fühlen. Plötzlich kommt es ihnen vor, als seien sie sehr alt, als hätten sie endlich ein unverrückbares, genaues Alter erreicht. Sie haben jedoch immer das Gefühl, die Kleinen würden ihnen zufällig anvertraut werden, weil es nichts Besseres gibt, nur so lange, bis gute und sichere Kindergärten eingerichtet werden. Sie fühlen, daß man sie für viel schlechter hält als einen Kindergarten. Ihre Kinder finden ihre Methoden alt und verkehrt. Außerdem ist die Figur der Großmutter neben den Kindern kein Gegenstand der Psychoanalyse. So fühlen sie sich neben den Kindern wie nebensächliche Figuren, die nicht berücksichtigt werden.

Wenn ihnen die kleinen Enkel anvertraut werden, werden sie von ihren Kindern ernsthaft ermahnt, nicht ihre alten Methoden anzuwenden, die sich als blödsinnig erwiesen haben. Also müssen sie ihre Normen, die sich ihnen in Anwesenheit der Kinder geballt wieder aufdrängen, beiseite schieben. Sie müssen lernen, beim Mittagessen nicht zu verlangen, daß die Kinder sitzenbleiben, sie müssen lernen, ihnen stumm zuzusehen, während sie beim Essen in den Zimmern herumspazieren. Sie müssen lernen zuzusehen, wenn sie sich die Serviette abnehmen und damit die Tischbeine polieren, wenn sie die Spaghetti auf dem Fußboden aufreihen und sie danach aufessen, denn die Hygienevorschriften, die sie früher gelernt haben, gelten nun nicht mehr, da sie von der wesentlichen Bedeutung der kindlichen Freiheit umgestürzt worden sind. Die Worte: »Iß auch Brot«, die sie in ihrer Kindheit gehört und während ihrer Mutterschaft wiederholt haben, solche Worte liegen ihnen auf der Zunge, doch sie müssen sie wieder verschlucken, weil Söhne und Schwiegertöchter ihnen lang und breit erklärt haben, daß Brot dick macht und daß man den Kindern außerdem weder Befehle noch Ratschläge in Bezug auf das Essen geben darf. Wenn sie die Kinder dann schlafenlegen, halten die alten Frauen auf einmal Gummihöschen in den Händen, die sie höchst ungesund finden, und müssen den Kindern Hosen mit zahllosen Druckknöpfen anziehen, die nie aufeinanderpassen.

Am Ende eines Tages mit den Kindern fühlen sich die alten Frauen ermattet wie nach einer langen Schlacht. Ihr Kopf ist voller Zweifel. Im einen Moment finden sie die neue Erziehung absurd, die Kinder verzogen und ermüdend, im nächsten Moment denken sie, daß sie Unrecht haben und immer Unrecht hatten. Sie laufen jedoch, obwohl sie sehr müde sind, rasch in die Apotheke, um sechs oder sieben Paar Gummihöschen zu kaufen, denn die, so meinen sie, die ihnen zusammen mit den Kindern ausgehändigt wurden, sind wenige und zerrissen. Sie hassen diese Höschen, wollen aber, daß wenigstens genug davon da sind, da sie ja gebraucht werden. Sie hoffen, daß den Kindern, wenn sie ihnen das nächste Mal anvertraut werden, die sieben Paar neuen Gummihöschen mitgegeben werden. Man weiß allerdings nicht, ob es ein nächstes Mal geben wird, weil vielleicht inzwischen ein wunderbarer Kindergarten gefunden worden ist.

Beim nächsten Mal werden ihnen die Kinder mit nur zwei Paar uralten und zerschlissenen Gummihöschen anvertraut. Es ist sinnlos, zu fragen, wo die sieben Paar neuen hingekommen sind. Einige sind irgendwo verloren gegangen, andere sind sofort alt geworden. Gummihöschen werden schnell alt. Sie werden rasch von der Unordnung des Universums mitgerissen. Sie sind so häßlich erschaffen worden, damit es leicht ist, sie zu benutzen und sich ihrer ohne Bedauern zu entledigen. Man kann sie auch nicht stopfen. Wenn sie kaputt sind, wirft man sie fort. Übrigens verschwindet das Wort »stopfen« nach und nach. Es bedeutet, sich mit Liebe über Gegenstände beugen. Es verschwindet, weil die Gegenstände nicht mehr geliebt, sondern gehaßt werden.

Die Frauen fragen sich, welches ihre Aufgabe sein wird, wenn sie ganz alt sind, wenn doch niemand mehr zum Sticken und Stopfen gebraucht wird. Es stimmt, daß sie weder sticken noch stopfen können, als hätten sie in ihrer Jugend geahnt, daß es zwecklos sein würde. Sie merken jedoch, daß sie immer gedacht haben, eines Tages, wenn sie für andere Dinge zu alt wären, würden sie das Stopfen und das Sticken plötzlich lernen. Weder Sticken noch Stopfen wird jedoch in der heutigen Welt auch nur mit einem Wort erwähnt. Außerdem paßten für das Sticken und Stopfen ruhige, solide Wohnungen, ein Tisch, ein Sessel, eine Lampe. Heute wissen die Frauen nicht, ob es in Zukunft noch Sessel und Lampen geben wird. Sie merken plötzlich, daß es keine Zukunft mehr gibt. Sie hat sich von der Welt verflüchtigt, ist geflohen. Nicht nur für sie, sondern für alle. Die Frauen denken, daß sie darunter allerdings mehr leiden als die anderen. In die universelle Angst, spüren sie, mischen sich ihre persönlichen Ängste, ihnen ist, als sei ihr Wesen von der universellen Unsicherheit, Unruhe und Ungeschicklichkeit geprägt. Sie fühlen, wie sich in ihrem Geist eine sonderbare Menge heftiger Zornesempfindungen und hinfälliger Unterwerfungen regt. Sie denken, daß sie, die Frauen, vielleicht auf die Welt gekommen waren, um die Zukunft zu lieben, um die Zukunft zu erwarten, hervorzubringen, zu behüten und zu betrachten. Um das zu tun, waren sie auf die Welt gekommen, und jetzt wissen sie nicht mehr, was sie tun sollen.

SOMMER

Ich hasse den Sommer. Ich hasse den Monat August bis Ferragosto, bis zum 15. Ist Ferragosto vorbei, scheint es mir, als erwachte ich aus einem Alptraum. Mir scheint, als besserte sich alles langsam für mich. Die Herbstgewitter beginnen. Ich liebe den Herbst, und gewöhnlich schreibe ich im Herbst etwas. Im Sommer gelingt es mir überaus selten zu schreiben.

Ich hasse den Sommer nicht wegen der Hitze. Ich spüre die Hitze gar nicht und sie ist mir gleich. Daß es heiß ist, merke ich erst, wenn die anderen davon sprechen. In Wahrheit habe ich mehrmals versucht, mir zu erklären, warum ich den Sommer so hasse.

In der Kindheit gefiel mir der Sommer. Er war meine liebste Jahreszeit. Ich freute mich über die Hitze und über die ersten Kirschen. Es gab damals in Turin viele Kutschen, und die Kutscher setzten den Pferden im Sommer Tüllhauben auf, um sie vor den Fliegen zu schützen. Ich sagte, die Pferde wären »als Feen verkleidet«. Bei den ersten »als Feen verkleideten« Pferden fühlte ich mich glücklich.

Der Sommer bedeutete, in Ferien zu fahren. Im Flur tauchten unsere riesigen, uralten Koffer mit rostigen Eisenbeschlägen auf, eine Art Dinosaurier. Meine Mutter stöhnte und schnaufte beim Kofferpacken. Weder sie noch meine Geschwister fuhren gern in die Sommerfrische. Sie langweilten sich. Mir machte es Spaß. Vier Monate verbrachten wir im Gebirge. Den Ort und das Haus bestimmte mein Vater. Nach Meinung meiner Mutter waren es immer unbequeme Häuser und langweilige Orte, wo man niemanden fand, mit dem man mal ein Wort wechseln konnte. Ich wohnte der Kofferzeremonie mit lebhafter Freude bei. Mein Glück wurde nur durch die schlechte Laune meiner Mutter leicht getrübt.

Kaum war ich im Gebirge, stellte ich mir vor, ein Bewohner jener Orte zu sein, dort geboren und dazu bestimmt, für immer dort zu leben. Ich bemühte mich, unsere Stadtwohnung aus meiner Erinnerung auszulöschen. Es gab keine anderen Kinder, mit denen ich spielen konnte, und ich lief allein über die Wiesen auf der Suche nach Heuschrecken und Fröschen. Damals kannte ich die Langeweile nicht oder kaum, sie dauerte nur ein paar Augenblicke. Dann schnaufte ich ungeduldig und hing ein wenig ums Haus herum. Sofort wurden mir Vorwürfe gemacht. Nach Meinung meines Vaters machte man sich immer schuldig, wenn man sich langweilte, vor allem aber im Gebirge. Meine Mutter dagegen dachte, nur meine Geschwister und sie selbst hätten ein Recht auf Langeweile. Ich hatte dieses Recht nicht, weil ich noch klein war. Nach Meinung meiner Mutter durften Kinder nie ungeduldig schnaufen oder herumhängen. Sie sagte zu mir, ich solle mir das Gesicht waschen und die Aufgaben machen, die ich über die Ferien bekommen hatte. Ich hörte nicht auf sie, denn ich wußte, daß Hausaufgabenmachen ein ganz schlechtes Mittel gegen Langeweile war.

Aber ich befreite mich mit äußerster Leichtigkeit von der Langeweile. Ich dachte damals, daß jeder Nachmittag außergewöhnliche Ereignisse mit sich bringen könne. Ich konnte über die Wiesen laufen und eine große Kröte finden. In den Wäldern gab es Eichhörnchen, und die Hoffnung, ein kleines Eichhörnchen zu fangen und mit heimzunehmen, verließ mich nie. Oder ich konnte versuchen, einen Roman zu schreiben oder einen Kuchen zu backen oder auch plötzlich eine große wissenschaftliche Entdeckung machen. Dann würden meine Eltern und meine Geschwister staunen. Es war mein ständiger Wunsch, sie zu verblüffen, denn ich fand es schwierig, ihre Aufmerksamkeit auf mich zu lenken. Alle Dinge, die ich tat und die ich wunderbar fand, verwunderten sie nie.

Der Tag der Abreise aus dem Gebirge war für mich fast noch schöner als die Ankunft. Zu dem Glücksgefühl darüber, wieder abzureisen, zuerst in einen Autobus und dann in einen Zug zu steigen, gesellte sich die subtile und köstliche Traurigkeit darüber, dem Sommer ade zu sagen, denn damals war die Traurigkeit für mich etwas so Ungewöhnliches und Leichtes, daß es mich entzückte, wenn sie sich mit dem Glücksgefühl mischte. Traurig nahm ich Abschied von jenen Orten, die ich vielleicht nie wiedersehen würde. Mein Vater sagte, wir würden im nächsten Jahr woanders hinfahren, an einen preiswerteren Ort. Außerdem pflegte mein Vater am Ende jedes Ferienaufenthalts und während des Winters zu sagen, wir würden überhaupt nie mehr irgendwohin in Ferien fahren, weil wir kein Geld mehr hatten. Diese Drohung ließ meine Geschwister und meine Mutter absolut kalt, sie glaubten nicht daran und träumten sowieso von nichts anderem als einem Sommer in der Stadt. Was mich anging, so glühte ich vor Seligkeit und Furcht bei der Vorstellung, daß wir so arm wären, denn ich fürchtete und hoffte immer, mich in einer dramatischen Situation zu finden. Dennoch wiederholten sich jene langen Monate im Gebirge, über die meine Mutter und meine Geschwister stöhnten, jedes Jahr pünktlich und unausweichlich, weil mein Vater es so wollte.

Irgendwann merkte ich, daß diese Ferien im Gebirge auch für mich unerträglich langweilig geworden waren. Da begriff ich, daß meine Kindheit vorbei war. Ich machte mir nichts mehr aus Grashüpfern und Kröten. Die Bücher, die ich mitgebracht hatte, hatte ich im Lauf weniger Tage gelesen und wiedergelesen. Und außerdem erschien es mir demütigend, allein dazusitzen und zu lesen. Mir war, als hätte ich Freunde haben müssen, aber ich hatte keine. Ich wußte absolut nicht, wie ich die Zeit herumbringen sollte. Ich war auf einmal pessimistisch geworden und erhoffte mir nichts mehr von jenen langen, öden Nachmittagen.

Außerdem war ich nun die einzige, die unter Langeweile litt, denn meine Geschwister waren erwachsen geworden und kamen nicht mehr mit uns ins Gebirge, und meine Mutter beklagte sich seltsamerweise nicht mehr. Meine Mutter folgte meinem Vater auf seinen Wanderungen und lobte mit ihm die Schönheit der Natur und die Reinheit der Luft. Meine Eltern kamen mir nun sehr alt vor. Von ihren zufriedenen, alten Gestalten, die gemeinsam die Pfade entlanggingen, schien mir eine namenlose Langeweile auszugehen. Obgleich sie mich aufforderten mitzugehen, folgte ich ihnen nicht, in ihrer Gesellschaft zu wandern schien mir demütigend, es wäre ein offenes Eingeständnis gewesen, daß ich keine Freunde hatte, mit denen ich spazierengehen konnte.

Jeden Tag hoffte ich, es würde regnen, denn wenn es regnete, konnte ich zu Hause bleiben, verborgen vor den Augen der Mitmenschen. Wenn es nicht regnete, mußte ich mich »an der frischen Luft aufhalten«, das hatten meine Eltern befohlen, und ich gehorchte aus alter Unterwerfung. Ich las auf einer Wiese. Ich las jedoch ohne jeden Genuß. Ich hörte die Grillen zirpen, der blendende, grenzenlose Friede des Sommernachmittags betäubte mich. Er schien etwas zu versprechen, etwas, das auf geheimnisvolle Weise allen zuzustehen schien, nur mir nicht.

Auf den Wegen kamen Gruppen von mir unbekannten Buben und Mädchen mit Turnschuhen und Tennisschlägern vorüber. Ich konnte mich nicht zu ihnen gesellen, weil ich vor ihnen keine Silbe herausgebracht hätte. Sie flößten mir einen tödlichen Neid ein. Sie besaßen das außerordentliche Privileg, nicht Kinder meiner Eltern zu sein, mir in nichts zu gleichen, nicht die entfernteste Ähnlichkeit mit mir zu haben. Sie besaßen das außerordentliche Privileg, der Nächste zu sein. Darüber hinaus gingen sie Tennis spielen, und ich konnte nicht Tennis spielen. Tennis war ein Sport, den mein Vater verachtete. Er fand Tennis snobistisch. Er schätzte einzig und allein mühevolle und gefährliche Sportarten wie Bergsteigen.

Plötzlich war mir, als sei ich, mit meinem Vater und meiner Mutter, der einzige Mensch auf der Welt, der noch nie einen Fuß auf einen Tennisplatz gesetzt hatte, und diese Abwesenheit von Tennis in meinem Leben erschien mir wie eine grauenhafte Demütigung. Innerlich zählte ich mir die kleinen Mädchen auf, mit denen ich in der Stadt Umgang pflegte. Alle konnten sie Tennis spielen oder lernten es bei einem *Trainer*, einem Lehrer. »Es täte dir gut, Tennis zu spielen«, sagte meine Mutter manchmal zerstreut. Aber auf die Idee, einen *Trainer* für mich zu nehmen, kam sie gar nicht. Mein Vater hätte es eine lächerliche Idee und eine überflüssige Ausgabe gefunden. Wenn ich mit meiner Mutter an einem Tennisplatz vorbeikam, errötete ich und wandte den Blick ab. Darum zu bitten, es zu lernen, war mir unmöglich, da ich plötzlich meine schmerzlichsten Wünsche in Schweigen eingemauert hatte. So erfuhr meine Mutter nie, daß mein größter Wunsch auf Erden war, im weißen Faltenrock mit Tennisschläger auf einem Tennisplatz zu stehen und die Worte *»play«* und *»ready«* zu sagen. Ich flüsterte diese Worte heimlich vor mich hin. Und sie schienen mir der Schlüssel zur Seligkeit zu sein.

Später, als ich schon im Lyzeum war, ging ich mit meinen Klassenkameradinnen Tennis spielen. Ich hatte einen alten, irgendwo aus dem Keller gefischten Schläger, mein Rock war nicht weiß und hatte keine Falten, alles war unvollkommen. Ich ging vielleicht zehnmal hin. Ich spielte schlecht und die Freude, *»play«* und *»ready«* zu sagen, hatte sich als armselige Sache herausgestellt.

Es war damals, in jenen einsamen Ferienaufenthalten, daß ich begann, den Sommer zu hassen. Damals dachte ich, daß meine Anwesenheit auf den Wiesen, an den strahlenden Nachmittagen, wie ein schwarzer Fleck war, der das Glück der Erde verunzierte. Ich fand die Welt nicht traurig, ich fand sie wunderbar, nur daß es mir aus irgendeinem dunklen Grund verboten war, ihre leuchtenden Tage zu feiern. So konnte ich nur noch den Herbst, den Winter, die Dämmerung, den Regen und die Nacht suchen und lieben.

Später entdeckte ich, daß ich nicht die einzige war, die ein solches Gefühl empfand, sondern daß es vielen Menschen so geht, weil sich viele wie ich in irgendeinem

Augenblick ihres Lebens vom Sommer ausgeschlossen und gedemütigt gefühlt haben, für immer als unwürdig verurteilt, die Früchte des Universums zu ernten. Viele haben daraufhin wie ich das blendende Leuchten des Himmels über den Wiesen und Wäldern gehaßt. Viele fühlen sich wie ich bei den ersten Anzeichen des Sommers voller Angst wie bei der Ankündigung eines Unglücks, weil in ihnen der Schrecken vor dem Urteil und der Strafe wieder aufsteigt.

Es scheint uns dann, als seien wir ausweglos an dem Punkt festgenagelt, an dem wir uns befinden. Wer allein ist, hat plötzlich das genaue Maß seiner Einsamkeit. Der gewohnte Rhythmus der Tage zerbricht. Die vertrauten Leiden werden unerträglich, unablässig erhellt von grausamem Sonnenlicht. Unser Leben liegt in seiner Unordung vor unseren Füßen. Wir fühlen uns gezwungen, jeden Schmerz oder Fehler darin aufzuzählen. Das Licht des Sommers erleuchtet erbarmungslos unser Schweigen, unsere unbewegliche Person, umgeben von alten und neuen Katastrophen.

Wir fühlen uns auf einmal wie auf der Anklagebank. Wie bei einem Verhör dritten Grades sitzen wir regungslos, vernichtet und verstört da. Unmöglich, uns vor uns selbst und den anderen zu verstecken. Unmöglich, einen Arm zu heben, um unser Gesicht zu verbergen. Auf die Fragen, die man uns stellen wird, werden wir nicht antworten können. Die Gesten, die man uns befehlen wird, werden wir nicht ausführen können. Wir selbst zu sein, scheint uns eine schlimmere Schuld, als ein Mörder zu sein, und von allen Seiten wird uns erklärt, es gebe für eine solche Schuld keine Vergebung. Die Verzweiflung der Adoleszenz steigt wieder in uns auf, wie damals, als wir plötzlich verstanden, daß wir dazu berufen waren, anders und glücklich zu sein, aber einer solchen Aufforderung nicht Folge leisten konnten.

Wir wissen aus alter Erfahrung, daß der Prozeß nach Ferragosto, nach dem 15. August, vorbei sein wird. Nach und nach werden wir wieder in einen ruhigen Halbschatten treiben. Dort werden wir uns selbst eine private und persönliche Vergebung zuflüstern können. Geduldig werden wir rund um uns unsere verstreuten Trümmer wieder einsammeln.

Die Tage bis Ferragosto erscheinen uns ewig. Wir hassen die leere Stadt unter der blendenden Sonne, die leeren Kinos, in denen Horrorfilme gezeigt werden. Gleichgültig sehen wir uns diese Filme an, sowohl weil sie häßlich sind, als auch, weil wir sowieso schon von unserem eigenen Grauen gepackt sind. Noch mehr hassen wir jedoch die Menschenmassen in den Zügen. Es ist uns unmöglich, zu antworten, wenn wir zu der Zahl derjenigen gehören, die weder Lust haben abzufahren noch zu bleiben.

FREIHEIT

Mir geschieht es sehr häufig, an dieses Wort zu denken: »Freiheit«. Oft frage ich mich, was seine Bedeutung für mich ist. Oft denke ich, daß es mir passieren wird, sie zu verlieren. Immer erinnere ich mich an die Zeit, als es in Italien nichts davon gab. Für die Menschen meiner Generation läßt das Wort »Freiheit« jene fernen Jahre wieder aufleben.

Das Wort »Freiheit« erschien uns damals von äußerster Einfachheit und offensichtlicher Klarheit. Es klang in uns wie ein Trompetenstoß. Es wehte an unserem Himmel wie eine Fahne. Es barg in sich alle Schätze der Welt, und es zu erreichen, hätte uns schlagartig von jedem Laster, jeder Unfähigkeit, jeder Schwermut geheilt. Es zu erreichen wäre gewesen wie im Paradies leben. Wir waren sicher, daß wir diesem Paradies an einer Biegung der Straße begegnen würden. Mit langen, raschen, leidenschaftlichen Schritten gingen wir in jene Richtung. Wir waren unbeholfen, leidenschaftlich und verwirrt. Wir hatten keine Ideen sondern Wünsche. Es waren auch bestimmte und konkrete Wünsche darunter, aber wir pflegten sie auf Horizonte der Abstraktion zu projizieren. Allem gaben wir den Namen Freiheit. Die Freiheit, die zu treffen wir uns vorbereiteten, würden wir mit den anderen teilen wie das Wasser oder die Luft. Wir hatten uns allerdings nicht einmal gefragt, wer und wie die anderen eigentlich waren. Wir würden sie auf jeden Fall teilen, mit äußerster Natürlichkeit, ohne überhaupt zu merken, daß wir sie teilten. Nie mehr würden wir unter irgendeiner Art von Knechtschaft leiden. Nie mehr würden wir irgendeine Art von Knechtschaft vor Augen haben. Die Freiheit, auf die wir uns vorbereiteten und die wir erreichen wollten, war nicht korrumpierbar, sie war kristallklar, überaus mächtig, unbegrenzt. Ihre Macht war nur gut. Sie war grenzenlos, denn in unseren damaligen Augen hatte das Gute keine Grenzen, kannte weder Hindernisse noch Gefahren, die Grenzen waren ein Vorrecht des Bösen.

So spitzen wir heute, wenn wir das Wort »Freiheit« hören, instinktiv die Ohren wie Jagdhunde. Wir haben das Gefühl, als würde etwas erwähnt, was uns persönlich betrifft. Und doch hat sich das Wort »Freiheit« in uns verändert, und vielleicht hat kein anderes Wort eine solche Wandlung durchgemacht. Das Wort »Mond« hat vielleicht eine ähnliche Wandlung erfahren, seit der Mond erforscht wurde. Das Wort »Freiheit« ist heute jedenfalls für uns nicht wiederzuerkennen, wenn wir es neben das stellen, was es war. Vergeblich suchen wir in unserem Geist den alten silbernen und festlichen Klang. Er ist schon lange verklungen. Schon lange haben wir angefangen zu denken, daß Freiheit vielleicht eines der dunkelsten, schwierigsten, kompliziertesten Wörter ist, die es auf der Welt gibt.

Ich spreche von mir und denen, die sind wie ich; ich spreche von den sogenannten Intellektuellen meiner Generation. Das Wort »Intellektuelle« ist ein Wort, das mir verhaßt ist, es hat mir nie gefallen zu denken, daß ich eine Intellektuelle bin, doch vielleicht ist eine Besonderheit der Intellektuellen, daß sie es nicht lieben, zu dieser Kategorie zu gehören. Zwar vereint dieses Wort die unterschiedlichsten Personen, doch in ihren Grenzen und Privilegien gleichen sie sich alle. Die Privilegien, über die wir verfügen, wie etwa einen reichen Wortschatz, belasten uns als ungerecht, gerade weil es Privilegien sind. Unsere Grenzen bestehen im Wesentlichen darin, daß wir uns keine andere Lage als unsere eigene vorstellen können, das heißt, ohne eben diesen Reichtum an Wörtern. Da wir gewohnheitsmäßig die Kultur, die Intelligenz und die Vorstellungskraft benutzen, verwundert es uns zutiefst, daß uns diese Instrumente nicht oder nur wenig dabei helfen, uns die Lage von Menschen vorzustellen, denen dieser reiche Wortschatz nicht gegeben ist. Daher sind wir zugleich

Herren und Knechte. Herren, weil wir Privilegien haben. Knechte, weil wir eine tiefe Verstümmelung in unserem menschlichen Bewußtsein haben. Dieser doppelten Natur als Herren und Knechte waren wir uns in unserer Jugend, als wir auf die Freiheit warteten, überhaupt nicht bewußt.

Die Enttäuschung, die wir empfunden haben, ist altbekannt. Nachdem die Freiheit erreicht war, haben wir gesehen, daß sie, für jeden von uns, nichts weiter war als ein kleines Stückchen Wiese. Dieses kleine Stückchen Wiese erschien uns lebensnotwendig und wesentlich, um nichts auf der Welt hätten wir es zurückgegeben, aber wie winzig und armselig war es doch! Darüber hinaus konnten wir es keineswegs mit allen teilen, wie wir geglaubt hatten. Da saßen wir, jeder auf seinem kleinen Wiesenstückchen, mit dem Gefühl, man hätte uns einen bösen Streich gespielt, und sahen zu, wie unsere Vorstellung von Freiheit langsam zu unseren Füßen verblutete, so enttäuscht und erstaunt, daß wir nicht einmal fähig waren, den wenigen Schatten und das wenige Gras zu erforschen. Um uns herum wuchsen Mauern empor, und es gelang uns nicht, einen Blick auf die Freiheiten der anderen zu werfen. Daraufhin haben wir uns gefragt, wer die anderen denn eigentlich waren. Darüber wußten wir absolut nichts. Langsam haben wir entdeckt, daß von jener Freiheit, die wir nun hatten, den anderen nichts zugefallen war. Wir fühlten uns jedoch in unserer wenigen, überaus schwachen Freiheit eingesperrt. Wir fühlten, daß unsere Glieder steif und unsere Stimme sehr schwach waren.

Wir bemerkten, daß wir uns, als wir uns ausmalten, wir könnten die Freiheit mit den anderen teilen, eine Gemeinschaft uns gleicher oder ähnlicher Menschen vorgestellt hatten, mit gleichen Wünschen, gleichen Bedürfnissen, gleichen Worten. Eine solche menschliche Gemeinschaft hätte auch eine gleiche Freiheit teilen können. Doch die Idee, die Freiheit nun mit denen zu teilen, die uns gleichen, erschien uns oberflächlich und dumm wie ein Picknick im Grünen. Wir wollten die Freiheit ohne jede Einschränkung mit allen teilen. Vor allem wollten wir die Freiheit mit denjenigen teilen, die uns nicht glichen. Die Idee, die Freiheit mit denen zu teilen, die genauso sind wie wir, erschien uns plötzlich beklemmend und abstoßend, das genaue Gegenteil von Freiheit. Wir dachten, daß wir dem eine vollkommene und absolute Einsamkeit vorzogen.

Da wir innerlich so viele Jahre lang eine blumige, wundertätige und paradiesische Vorstellung von Freiheit hegten, haben wir sie vergöttert, und unsere ganze Vergangenheit scheint uns nun von diesem Götzendienst durchdrungen wie von einem alten Geruch. In unserer Vergangenheit haben wir Tränen der Enttäuschung und ein enttäuschtes Selbstmitleid angehäuft, und so hat alles, was uns danach zugestoßen ist, in unserem Geist die Farben des Sonnenuntergangs und eine traurige Wendung bekommen, die jenen alten Sonnenuntergang und jene alte Enttäuschung immer wiederholen. Wir haben das Gefühl, daß uns noch heute der Geruch des Götzendienstes und der Enttäuschung anhaftet. Wir sind keineswegs sicher, daß unsere Präsenz in der Welt nicht das Durcheinander vermehrt, da wir keineswegs sicher sind, ob wir über uns selbst mit ausreichender Härte, Bitterkeit, Ironie und Freiheit geurteilt haben.

Vielleicht haben wir in Wirklichkeit nie einen einzigen Augenblick lang aufgehört, uns bewußt oder unbewußt zu fragen, was Freiheit sei. Da die Freiheit für eine unendliche Anzahl von Menschen Freiheit von der Knechtschaft der Armut bedeutet, erscheint es als Willkür, andere, verschiedene Forderungen nach Freiheit aufzustellen. Es scheint tatsächlich sehr schwierig zu sein festzulegen, welche der menschlichen Forderungen nach Freiheit willkürlich, und welche sakrosankt und legitim sind. Gewiß ist, daß manche Forderungen nach Freiheit völlig willkürlich sind, da sie einfach die Forderung bedeuten, private und persönliche Geld- und Vermögensbedingungen zum Nachteil der anderen unangetastet zu lassen, doch pflegen sie sich hinter legitimen und sakrosankten Freiheitsforderungen zu verstecken, und dies zieht Dunkelheit und Verwirrung auf das Wort »Freiheit«.

Für mich und eine Gruppe mir gleicher Personen bedeutet Freiheit, alles zu schreiben, was uns durch den Kopf geht. Nicht, daß dies unseren Durst nach universaler Freiheit befriedigen würde. Es befriedigt jedoch einen individuellen Wunsch von uns. Wir denken, daß die Freiheit des Schreibens und des Denkens ein legitimes Recht sei, eines der legitimen und unantastbaren Menschenrechte. Es ist jedoch ein Recht, das von unzähligen Privilegien gestützt wird. In manchen Augenblicken fragen wir uns, ob dieses unser Recht nicht eine Willkür ist. Jedes Wort erscheint uns heute so wankend und schwankend, daß wir uns keiner Sache mehr sicher sind. Bei jedem Gut, das wir besitzen, fragen wir uns, ob es sich nicht um einen Diebstahl handelt. Wir sind keineswegs sicher, ob unsere Äußerungen von Freiheit nicht anderen etwas wegnehmen.

Vielleicht wäre es richtig und notwendig, daß jeder nicht an seine eigene Freiheit dächte, sondern an die der anderen. Wenn jeder an die Freiheit der anderen dächte, anstatt an seine eigene, wenn er bereit wäre, die der anderen anstelle seiner eigenen zu schützen, dann wären wir einer gerechten Verteilung der Güter, der Privilegien und der Freiheit unter den Menschen näher.

EINE UNSICHTBARE REGIERUNG

Ich finde es immer sehr seltsam, daß nach Wahlen fast alle Parteien in ihren Zeitungen erklären, sie hätten gewonnen, auch wenn sie verloren haben. Wenn ich Chef einer Partei wäre, würde ich in meiner Zeitung mit roten Riesenbuchstaben die Wahrheit schreiben. Ich gäbe den Befehl zu schreiben: »Große Niederlage unserer Partei«, wenn es eine große Niederlage gegeben hätte. Ich verstehe nicht, warum dagegen jede Parteizeitung nach den Wahlen jubelnde, triumphierende Überschriften haben muß.

Man wird sagen, es sei doch vollkommen gleichgültig, weil die Leute dann die Stimmübersichten lesen und sowieso wissen, wie die Dinge gelaufen sind. Man wird sagen, in den Zeitungen stünden doch, ob sie nun ein Parteiorgan seien oder nicht, sehr viel schwärzere und verhängnisvollere Lügen. Das stimmt. Jubelnde Überschriften sind unterdessen eine Konvention, wie Willkommens- oder Abschiedsfloskeln bei einem Gesellschaftsbesuch. Die Leute erwarten sie und messen ihnen keine Bedeutung bei. Stimmt. Doch wenn ich Chef einer Partei wäre, würde ich, im Falle einer Niederlage, an jeder Straßenecke laut herausschreien, daß ich verloren habe. Ich denke, daß die Wahrheit, in der Politik wie anderswo, gesund und kräftigend ist.

Es ist mir jedoch mehrfach erklärt worden, die Politik habe Gesetze, die von unseren gewohnten menschlichen Gesetzen völlig verschieden seien. Es ist mir erklärt worden, die politischen Kräfte hätten zerbrechliche und subtile Mechanismen, die überaus empfindlich und vielleicht nur denjenigen verständlich seien, die sie bewegten und bis in die Tiefe beobachteten. Für die Mechanismen der politischen Kräfte habe jeder Wunsch nach Wahrheit und jedes gewöhnliche Bedürfnis unseres Denkens das Gewicht eines Mückenschwarms.

Es gibt einige Menschen, die nichts von Politik verstehen. Zu denen gehöre ich. Es sind nicht viele, vielleicht sogar sehr wenige, weil es fast allen gelingt, sich eine gewisse Menge von grundsätzlichen Kenntnissen anzueignen, die es ihnen gestatten, die Begriffe und die Strukturen der Politik zu verstehen. Einige Menschen dagegen verstehen nicht nur nichts von Politik, sondern es gelingt ihnen auch nicht, politisch zu denken. Und noch viel weniger gelingt es ihnen, sich politisch zu äußern. So bin ich.

Die Menschen, die etwas von Politik verstehen, können sich gar nicht vorstellen, wie es in denen aussieht, die nichts davon verstehen. Ich möchte es ihnen deshalb erklären, da ich es weiß.

Politisch zu denken und sich politisch zu äußern bedeutet, im Denken und in den Äußerungen eine genaue Absicht zu verfolgen. Diese Absicht kann lauter oder schmutzig sein, ihr letztes Ziel kann Gerechtigkeit sein oder sie kann der Gewalttätigkeit unterworfen sein. Die jedoch, die nichts von Politik verstehen, denken und äußern sich immer ohne Absicht. Vielleicht ist ihre einzige Absicht, ihr eignes wahres Denken aufzuspüren und es zu äußern. Den Politikern erscheint eine solche Absicht müßig. Denen, die nichts von Politik verstehen, erscheint eine solche Absicht in manchen Augenblicken überaus müßig und nutzlos, und sie verzweifeln daran. Doch dies, also zu versuchen, den eigenen Gedanken auszudrücken, ist das einzige auf der Welt, worauf sie sich verstehen. In anderen Augenblikken hoffen sie, daß jemand sich selbst in ihrem Gedanken wiedererkennen kann. Es handelt sich um kein genaues Ziel, sondern eher um eine streunende Hoffnung.

Die, die nichts von Politik verstehen, geraten, wenn sie es wagen, von Politik zu sprechen, entweder in Verwirrung und Abstraktion, oder sie sagen Dummheiten. Daher ist es mehr als möglich, daß ich hier eine Reihe von Dummheiten schreibe. Ich muß gestehen, daß ich, obgleich ich nichts von Politik verstehe, oft stark versucht bin, trotzdem davon zu sprechen.

Außer der Politik gibt es unendlich viele andere Dinge, die ich nicht weiß und von denen ich überhaupt nichts verstehe, wie Ökonomie oder Chemie oder Naturwissenschaften oder exakte Wissenschaften. Doch sie nicht zu verstehen ist mir gleich. Ich lebe trotzdem gut. Sie verlaufen fernab von meinem Leben, und es geschieht mir fast nie, ihnen in meinen Gedanken zu begegnen. Nichts von Politik zu verstehen, erscheint mir dagegen als schwerwiegendes Manko. Ich leide darunter und fühle mich gedemütigt. Einige Menschen, mit denen ich darüber gesprochen habe, haben mir gesagt, es handle sich bei mir nur um Faulheit und bösen Willen. Ich weiß, daß ich sehr faul bin, und dennoch habe ich den Eindruck, daß meine absolute Unmöglichkeit, die Politik zu verstehen, nicht so sehr eine Sache der Faulheit als vielmehr ein wirkliches Manko ist. In meiner Jugend dachte ich, eines schönen Tages würde ich gezielt Bücher lesen, um mich politisch zu bilden. Mit der Zeit habe ich gemerkt, daß meine Gedanken in Anwesenheit jener Bücher davonliefen wie ein Hase. Daher habe ich von diesen Büchern nie eine einzige Zeile gelesen. Mit der Zeit habe ich gemerkt, daß ich alle Romane und Bücher, die ich in meinem Leben gelesen habe, immer ohne jede gezielte Absicht gelesen habe.

Obgleich ich nichts von Politik verstehe, geschieht es mir zuweilen, daß ich bei politischen Ereignissen vor Haß oder Empörung oder Zustimmung und Leidenschaft glühe. Solche Ereignisse stehen für mich jedoch nicht in einem konsequenten, luziden und harmonischen Gesamtrahmen, sondern erscheinen mir immer wie Zipfel oder Baumstämme oder Splitter, an die ich mich klammere wie ein Ertrinkender im Hochwasser eines Flusses.

Eine der sehr wenigen politischen Ideen, die ich bewahre, vielleicht sogar die einzige, wurde mir mit sieben Jahren verabreicht. Mir wurde erklärt, was der Sozialismus ist, das heißt, mir wurde gesagt, er sei Gleichheit der Güter und Gleichheit der Rechte für alle. Mir erschien das als etwas, das man unbedingt sofort machen mußte. Ich fand es seltsam, daß man es noch nicht umgesetzt hatte. Ich erinnere mich genau, um welche Zeit und in welchem Zimmer mir dieser Satz gesagt wurde, der mir einleuchtend und unabdingbar erschien. Noch heute hat er die Kraft, eine Art Feuer in mir zu entfachen. Noch heute hält in mir die Verwunderung darüber an, daß diese Sache, also die Gleichheit der Rechte und der Güter nicht hergestellt worden ist und so komplex und so schwierig herzustellen scheint.

Wenn ich wählen muß, gehorche ich emotionalen Impulsen, und das Gefühl, das ich empfinde, ist rein affektiver Natur, als müßte ich einer Partei die Hand schütteln oder sie auf beide Wangen küssen. Das ist gewiß nicht die richtige Art zu wählen. Ich weiß. Jedesmal werden mir einige Instruktionen gegeben, aber jedesmal schlage ich sie unterwegs in den Wind und folge einzig den Impulsen irrationaler Sympathien und Zuneigungen. Es gelingt mir nicht, resigniert zu wählen, und ich liebe die Partei, für die ich stimmen werde. Wenn ich zum Wählen gehe, erwacht in mir die Erinnerung an die einzige rudimentäre politische Kenntnis, die ich besitze, Gleichheit der Güter und Gleichheit der Rechte unter den Menschen. Ich möchte mit absoluter Gewißheit wissen, wer sie will, da aber die Erklärungen, die mir gegeben werden, widersprüchlich und verwikkelt sind, wähle ich emotional und blind.

Menschen, die ich kenne und an die ich glaube, haben mir mehrmals gesagt, daß ich, wenn die Gleichheit der Rechte und Güter in die Tat umgesetzt würde, einen Teil meiner Freiheit verlieren, nichts mehr schreiben und entsetzlich unglücklich sein würde. Dies, weil die Gleichheit der Rechte und der Güter nicht vom Himmel fällt, sondern einige subtile und schreckliche Verteidigungsmaßnahmen verlangt. Tatsächlich denke ich auch, daß ich sehr unglücklich wäre, wenn ich nicht mehr schreiben könnte, und mich vielleicht vor einen Zug werfen würde. Ich denke jedoch, daß unser persönliches Glück oder Unglück uns nicht bei unseren politischen Entscheidungen leiten darf. Was schön und süß für uns ist, muß keineswegs schön und süß für die anderen sein. Wir wünschen uns eine bessere Welt, doch es kann sein, daß in dieser besseren Welt für uns kein Platz ist. Auf unser eigenes Schicksal können wir jedoch auch mit Gleichgültigkeit blicken. Ich weiß nicht, ob das eine politische Überlegung ist, das heißt eine, die die Politiker akzeptieren. Es ist eine verzweifelte Überlegung. Ich weiß nicht, ob in der Politik für Verzweifelte Platz ist. Ich glaube eher nicht.

Im übrigen sind die Regierungen vielleicht nie schön oder süß. Irgendjemand wird immer überwältigt. Die Regierung, die ich für mich selbst verlangen würde, wäre eine absolut farblose, inkonsistente, unsichtbare Regierung, eine so luftige und unsichtbare Regierung, daß wir nie an sie denken, ja ihre Existenz überhaupt nicht wahrnehmen müßten. Unter einer solchen Regierung ginge es allen gut, es gäbe einen gerechten Raum und eine gerechte Wohnung und ein gerechtes Maß an Gütern und Freiheit für jeden. Es ist jedoch wahr, daß es eine solche Regierung nirgends gibt, an keinem Ort sieht man auch nur den Hauch einer Andeutung davon. In jeder Regierung, die wir um uns herum sehen, gibt es Lärm, Übergriffe, Zeitungen mit jubelnden, verlogenen Überschriften, Lügen jeder Art im öffentlichen Leben. Auf diese Weise findet sich ein Mensch, der wie ich nichts von Politik versteht, dazu gezwungen, an die Politik zu denken, ist verzweifelt, weil er nichts davon versteht, fühlt sich gezwungen zu denken, daß er doch etwas ganz anderes möchte.

Die Wahrheit ist, daß die luftige, leichte, inkonsistente und unsichtbare Regierung, an die ich denke, vielleicht eine schwache Regierung wäre, und offenbar hat die Schwäche in der Politik keinerlei Überlebensmöglichkeit. Es wäre eine schwache Regierung, weil die Stärke in der Politik laut, zudringlich, riesig und blutrünstig ist. Es wäre eine Regierung ohne Geld und ohne Waffen, einzig auf einige Güter gegründet, die dem Geist teuer sind, wie die Gerechtigkeit, die Wahrheit und die Freiheit. Doch in der Politik wird das Wort

»Wahrheit« selten benutzt, und als Rechtfertigung dafür, daß man es nicht benutzen kann, werden die überaus feinen, zerbrechlichen und empfindlichen Mechanismen angeführt, die das Herz des politischen Lebens bilden und besondere Behutsamkeit und subtilste Vorsichtsmaßnahmen erfordern. Was die Freiheit und die Gerechtigkeit angeht, sagen sie dir, es sei notwendig, sie eine kurze Zeit lang mit Waffen, mit Polizeigewalt und Gefängnissen zu verteidigen, sie sagen dir, es sei unverzichtbar, sie mit der Stärke zu verteidigen, dabei haben wir doch einen unbezwinglichen Wunsch nach Schwäche.

Sie sagen dir, in einer fernen Zukunft, nachdem womöglich jahrhundertelang Waffen und Gefängnisse benutzt wurden, könne es den Menschen dann endlich gut gehen, es werde Platz und Freiheit für jeden geben, und man werde nicht mehr an die Nationen, an die Massen und an die Regierungen denken müssen, sondern einzig und allein an die individuelle und einsame Lage des Menschen. Doch niemand kann mehr an die Zukunft glauben. Vor Jahren gelang es noch, die Musik des Morgen klang berauschend und wahr in unseren Ohren. Doch plötzlich sind die zukünftigen Jahrhunderte vor unseren Füßen zusammengebrochen. Da wir uns eine bessere Welt wünschen, gelingt es uns nicht mehr, sie in die Jahrhunderte projiziert zu betrachten. Es liegen keine Jahrhunderte mehr vor uns, und auch wenn es so wäre, haben wir weder die Lust noch die Phantasie uns auszumalen, wie sie sich gestalten. Heute lieben wir alle hartnäckig die Gegenwart, und wir sind uns bewußt, daß wir eng in Liebe einer Zeit verbunden sind, die keinerlei Anstalten macht, uns lieben zu wollen.

DIE JUDEN

Am Tag nach den Ereignissen in München während der Olympiade 1972 erhielt ich einen Anruf vom katholischen Presseverband: sie machten eine Umfrage zu dem Blutbad, ob ich ihnen meine Meinung sagen könnte. Ich habe mich geweigert zu antworten. Ich habe gesagt, daß ich nie auf Umfragen antworte. Am Telefon vier Sätze zu sagen, kam mir dumm und sinnlos vor. Doch danach habe ich den Wunsch gespürt, den katholischen Journalisten lang und ausführlich zu antworten. Ich hatte nicht nur eine Meinung dazu, sondern viele, und vor allem wollte ich einige Gedanken zusammenfassen, die ich in mir verstreut fand.

Wenn auf der Welt ein Unglück geschieht, denken wir unwillkürlich darüber nach, wie wir selbst gehandelt hätten, wenn wir die Protagonisten gewesen wären oder selbst die Macht zu handeln besessen hätten. Da die Macht sehr weit von unseren Händen entfernt ist, sind diese Gedanken nur eitle Phantasien. Doch auch wenn es sich nur um eitle Phantasien handelt, werde ich trotzdem sagen, wie ich bei den Ereignissen in München vorgegangen wäre, wenn ich die Macht zu handeln gehabt hätte.

Wenn ich Golda Meir gewesen wäre, hätte ich die zweihundert Gefangenen freigelassen, wie die Guerillakämpfer es verlangten. Es heißt, Erpressungen dürfe man nie nachgeben. Mir scheint, im Fall eines großen gemeinsamen Unglücks muß man auch Erpressungen akzeptieren. Es heißt, die zweihundert Gefangenen hätten doch, einmal auf freiem Fuß, nur wieder Unschuldige gefangengenommen und Blutbäder angerichtet. Aber die Welt ist heute so katastrophal eingerichtet, daß es notwendig ist, von Minute zu Minute zu entscheiden, wie man sich verteidigen und wen man verteidigen soll. Ich denke, daß man diese neun Geiseln hätte retten und jede andere Überlegung beiseite lassen sollen. Ich denke, wenn Golda Meyr die zweihundert Gefangenen freigelassen hätte, so hätte sie der Welt eine Lektion erteilt, nicht Schwäche, sondern Stärke gezeigt. Oder zumindest die einzige Stärke, an die zu glauben berechtigt ist, nämlich die Stärke, die darauf pfeift zu gewinnen und bereit ist zu verlieren, die Stärke, die nicht auf Waffen, Erdöl oder Stolz beruht, sondern Stärke des Geistes.

Wenn ich der Befehlshaber der deutschen Polizei gewesen wäre, hätte ich die Guerillakämpfer unversehrt gehen und die neun Geiseln dorthin bringen lassen, wohin sie wollten. Wenn es auch nur den winzigsten Bruchteil einer Möglichkeit gegeben hätte, daß es einer der Geiseln gelingen könnte, sich zu retten, hätte dieser winzige Bruchteil von allen als wesentlich angesehen werden müssen.

Wenn ich der Vorsitzende der Olympiade gewesen wäre, hätte ich die Olympiade abgeblasen, da sie offensichtlich danach keinen Sinn mehr hatte.

Wenn ich schließlich ein Staatsoberhaupt wäre, würde ich von Amerika fordern, seine Truppen aus Vietnam abzuziehen. Natürlich hätte ich es schon längst gefordert, aber jetzt würde ich es noch dringlicher fordern. Ich glaube nicht, daß die vietnamesischen Kinder anders sind als die neun israelischen Geiseln. Der einzige Unterschied ist, daß wir uns daran gewöhnt haben zu wissen, daß die vietnamesischen Kinder sterben, und wir haben uns sogar daran gewöhnt zuzusehen, wie sie sterben, da wir es ohne mit der Wimper zu zucken im Kino und im Fernsehen gesehen haben. Es handelt sich jedoch um eine schreckliche Gewöhnung. Die Tatsache, daß in Vietnam Krieg ist und das Olympische Stadion dagegen eine sogenannte Insel des Friedens sein will, scheint mir kein ausschlaggebender Unterschied zu sein. Es ist falsch zu glauben, es könne in einer Welt wie der unseren noch Inseln des Friedens geben. Und die Schicksale der Menschen sind heute so miteinander verwoben und verstrickt, daß ein Krieg an einer Stelle der Welt täglich mehr Gleichgültigkeit und Gewöhnung an Blutbäder hervorruft. Wenn Amerika heute plötzlich seine Truppen aus Vietnam abzöge, wären die neun israelischen Geiseln nicht vergeblich gestorben.

Wenn ich an die Guerillakämpfer denke, habe ich das Gefühl, als empfände ich vor ihnen eine Art unmenschliches Grauen. Nur das Vorhandensein einer unmenschlichen Verzweiflung kann ein solch unmenschliches Grauen einflößen. Wenn wir die Gesichtszüge der unmenschlichen Verzweiflung erkennen, fühlen wir, wie unsere gewohnten Gefühle aus unserem Geist verschwinden, wir fühlen keinen Haß mehr, keine Empörung, kein Mitleid. Unser Geist wird zu Stein. Es kommt uns vor, als seien wir auf unserem Weg in eine Wüste geraten, wo weder Haß noch Empörung noch Mitleid gedeihen, so wie auch keine Bäume wachsen. Wenn wir mit solch einem unmenschlichen Grauen an die Guerillakämpfer denken, werden wir ihnen und der Vorstellung, die wir uns von ihnen gemacht haben, einen Augenblick lang ähnlich, wir werden zu Stein und verlieren den Atem des Geistes. Vor einem solchen unmenschlichen Grauen müssen wir uns schützen, denn es ist eine Verirrung.

Die Guerillakämpfer sind vielleicht die äußerste Grenze unserer eigenen Verzweiflung, die noch nicht unmenschlich, sondern voll Mitleid und Empörung ist, sie ist noch nicht unmenschlich und wir haben uns seit langem daran gewöhnt, mit ihr zu leben. Den Schlüssel zum Verständnis der Guerillakämpfer finden wir vielleicht in unserer eigenen Verzweiflung. Uns ist, als kämen sie aus einer Welt, die nicht die unsere ist. Doch die Wege, die sie zu einer solchen unmenschlichen Verzweiflung geführt haben, kommen uns vielleicht nur deshalb unverständlich und unmenschlich vor, weil wir sie nie kennengelernt haben und auch nie verstanden haben, wie verschieden und fern und wie nah und ähnlich sie den Wegen waren, die wir selbst gegangen sind.

Von den Guerillakämpfern wissen wir sehr wenig, aber wir wissen, daß sie bereit sind, ihr eigenes Leben wie auch das der anderen jeden Augenblick wegzuwerfen. Wenn sie ihr Leben wegwerfen, denkt man nicht an den Mut, und wenn sie das Leben der anderen wegwerfen, denkt man nicht an die Grausamkeit. Deshalb scheinen sie für uns eine Kraft zu haben, die mit der Stimme zu erreichen unmöglich ist. Es ist unmöglich, sie zu bitten, Unschuldige zu schonen. Es kommt uns so vor, als gebe es an den unmenschlichen und verzweifelten Orten, an denen sie wohnen, keine Schuldigen und Unschuldigen mehr, weil die Welt nicht mehr die Farben der Schuld und der Unschuld hat, die Welt ist unbeseelt und unbewohnt und hat nur eine Farbe. Darin gibt es nur den Tod, und ein Leben, das man mit einer raschen Handbewegung wegwirft wie einen Putzlumpen, da man es nicht besser findet als den Tod und sowieso von der gleichen Farbe.

Ich bin Jüdin. Alles, was die Juden betrifft, geht mich, so scheint mir, direkt an. Ich bin nur väterlicherseits Jüdin, aber ich habe immer gedacht, daß meine jüdische Seite schwerer in mir wiegen und sperriger sein muß als die andere Seite. Wenn ich irgendwo einem Menschen begegne und entdecke, daß er Jude ist, habe ich instinktiv das Gefühl, daß mich etwas mit ihm verbindet. Vielleicht finde ich sie eine Minute später hassenswert, aber es bleibt in mir ein Gefühl heimlicher Komplizenschaft bestehen. Das ist ein Aspekt meines Wesens, den ich seltsam finde und der mir keineswegs gefällt, weil er in offenem Widerspruch zu allem steht, was ich im Laufe meines Lebens immer gedacht habe, weil ich meine, daß es zwischen Juden keine Gemeinsamkeiten gibt außer sehr, sehr oberflächlichen, weil ich denke, daß die Menschen die Grenzen ihrer Herkunft überschreiten müssen. Das ist, was ich denke, doch wenn ich einem Juden begegne, gelingt es mir nicht, ein seltsames und dunkles Gefühl der stillschweigenden Nachsicht zu unterdrücken.

Als ich von dem Blutbad in München erfuhr, dachte ich, daß noch einmal die meines Blutes ermordet worden waren. Ich dachte es in einem Meer von weiteren Gedanken, aber ich dachte es. Während ich es dachte, habe ich Verachtung für mich empfunden, weil es ein verächtlicher Gedanke war. Ich glaube überhaupt nicht, daß die Juden ein Blut haben, das von dem anderer Menschen verschieden ist. Ich glaube nicht, daß es Aufteilungen nach Blut gibt.

Ich bin Jüdin und habe eine bürgerliche Erziehung genossen. Diese bürgerliche Erziehung hat mir einige falsche Vorstellungen vermittelt. Irgendwie muß ich in meiner Kindheit auch die Vorstellung mit eingeatmet haben, daß Juden und Angehörige des Bürgertums mehr Rechte hätten und den anderen überlegen wären. Bestimmt ist mir zu Hause nie etwas derartiges gesagt worden, im Gegenteil, man hat mich gelehrt, daß alle Menschen gleiche Rechte haben. Doch in den Strukturen meiner Erziehung muß eine Vorstellung von Überlegenheit gegenwärtig gewesen sein. Wir kämpfen das ganze Leben, um uns von den Lastern unserer Erziehung zu befreien, aber die Laster der Erziehung bleiben in unseren Geist eingeritzt wie Tätowierungen. In unserem Erwachsenenleben verbringen wir die Zeit damit, diese Tätowierungen von unserem Geist abzuwaschen.

Den Juden Israels gegenüber habe ich, glaube ich, gedacht, daß sie mehr Rechte und Vorrang vor den Arabern hätten. An einem gewissen Punkt ist mir diese Idee ungeheuerlich erschienen. Ich habe sie ausgerissen und wütend darauf herumgetrampelt. Ich habe jedoch gemerkt, daß ich eine solche ungeheuerliche Idee jahrelang in mir gepflegt hatte wie eine Pflanze auf dem Fensterbrett. Obwohl ich sie ausgerissen und zertreten habe, bin ich mir nicht vollkommen sicher, ob in mir nicht verstreut einige Reste davon zurückbleiben. Unsere ungeheuerlichen Ideen haben das Gute, uns verstehen zu lassen, wie unsere innere Landschaft aussieht. Eine ungeheuerliche Idee wächst und wuchert darin still, ohne rund um sich irgendetwas zum Verschwinden zu bringen. Sie wächst und wuchert neben unseren besten Regungen und unserem Durst nach Gleichheit und Gerechtigkeit, und bringt diese nicht zum Verschwinden, sondern verwandelt sie nach und nach in einen Haufen feuchtes Stroh.

Unsere ungeheuerlichen Ideen müßten auch das Gute haben, uns verstehen zu lassen, wie unsere Feinde gemacht sind oder die, die wir unsere Feinde zu nennen pflegen. Sie müßten uns lehren, unseren Blick mit Toleranz und äußerster Aufmerksamkeit auf die anderen zu richten. Nachdem wir sie dann ausgerissen und zertreten haben, müßten wir sie im Gedächtnis behalten und aufhören, von uns zu denken, wir seien die Kinder des Guten schlechthin.

Manchmal habe ich gedacht, die Juden Israels hätten Rechte und Vorrang vor anderen, da sie die Vernichtung überlebt hatten. Das war keine ungeheuerliche Idee, aber es war ein Fehler. Der Schmerz und das Abschlachten Unschuldiger, das wir in unserem Leben mit angesehen und erlitten haben, geben uns keinerlei Recht über die anderen und keinerlei Überlegenheit. Diejenigen, die die Last der Schrecken am eigenen Leib erfahren haben, haben nicht das Recht, ihresgleichen mit Geld oder Waffen zu unterdrücken, einfach weil keine Menschenseele dazu ein Recht hat auf der Welt.

In Bezug auf die Juden Israels geht es mir so. Wenn jemand etwas gegen sie sagt, empfinde ich ein Gefühl von Auflehnung und dunkler Beleidigung. Mir ist, als würde meine eigene Familie beleidigt. Äußert sich aber jemand voll Bewunderung und Ergebenheit, habe ich sofort den Eindruck, diese Empfindungen nicht zu teilen und auf der anderen Seite zu stehen.

Nach dem Krieg haben wir die Juden, die nach Israel gingen, geliebt und bemitleidet, während wir daran dachten, daß sie die Vernichtung überlebt hatten, keine Bleibe hatten und nicht wußten, wohin sie gehen sollten. Wir haben an ihnen die Erinnerung an den Schmerz geliebt, die Zerbrechlichkeit, den unsteten Schritt und die vom Schrecken gebeugten Schultern. Das sind die Züge, die wir heute am Menschen lieben. Wir waren keineswegs darauf vorbereitet, sie eine mächtige, agressive und rachsüchtige Nation werden zu sehen. Wir hofften, sie würden ein kleines, waffenloses, abgeschiedenes Land sein, jeder von ihnen würde seine schmächtige, bittere, nachdenkliche und einsame Physiognomie bewahren. Vielleicht war das nicht möglich. Aber diese Verwandlung gehört zu den schrecklichen Dingen, die geschehen sind.

Wenn jemand mit Bewunderung von Israel spricht, fühle ich, daß ich auf der anderen Seite stehe. Ich habe an einem gewissen Punkt, vielleicht spät, verstanden, daß die Araber arme Bauern und Hirten waren. Ich weiß sehr wenig von mir, aber ich weiß mit absoluter Gewißheit, daß ich nicht auf der Seite derer stehen will, die Waffen, Geld und Kultur benutzen, um Bauern und Hirten zu unterdrücken.

Unser Instinkt drängt uns dazu, auf der einen oder anderen Seite zu stehen. Aber in Wahrheit ist es vielleicht heute unmöglich, auf der einen oder anderen Seite zu stehen. Die Menschen und die Völker machen sehr rasche und schreckliche Veränderungen durch. Die einzige Wahl, die wir haben, ist, auf der Seite jener zu sein, die zu Unrecht sterben oder leiden. Man wird sagen, das sei zu einfach, aber vielleicht ist es die einzige Wahl, die uns heute bleibt.

DIE ERWACHSENEN KINDER

In manchen Augenblicken der Ratlosigkeit geschieht es, daß wir unsere erwachsen gewordenen Kinder um Schutz bitten. Aber sogleich wird uns bewußt, einen Fehler gemacht zu haben. Ob sie erhört werden oder nicht, unsere Bitten um Schutz schaffen ein Unbehagen zwischen uns und unseren Kindern. Sie müssen uns zerstreut betrachten können, und Schutz kann nicht zerstreut sein.

Begierig wie wir sind, einen Mutterschoß zu finden, können wir alles und jeden in einen Mutterschoß verwandeln. Unsere Kinder jedoch nie.

Wir verwandeln Menschen in einen Mutterschoß, die so jung sind wie unsere Kinder und vielleicht sogar noch jünger. Man sagt, die Kinder blieben in den Augen der Eltern immer Kinder. Aber das stimmt nicht. Wir sehen jedes Zeichen der Zeit an ihnen. Nur daß wir selbst uns neben ihnen unerhört alt fühlen.

In dem Augenblick, in dem sie auf die Welt gekommen sind, hat das Alter uns getroffen wie eine Krankheit, die uns unheilbar erscheint. Zugleich mit dem Alter überfielen uns Angst und Schrecken. Nie zuvor hatten wir solche Angst empfunden. Schwierig zu verstehen, was in dieser Angst enthalten war. Im Widerstreit mit diesen beiden Empfindungen schien es uns, als wären wir mit großer Kraft begabt. Das Alter war nicht unheilbar, denn kaum entfernten wir uns ein paar Schritte von unseren Kindern, fühlten wir uns wieder jung und gar nicht mehr stark, sondern sehr zerbrechlich. Angst und Schrecken dauerten an. Wir fühlten sie tief in uns rumoren, wie das schwarze Wasser eines unterirdischen Kanals. In Wirklichkeit sind wir sie nie losgeworden. Wir fühlen sie immer noch.

Im Augenblick der Geburt unserer Kinder haben wir verstanden, daß sie die einzigen Wesen auf der Welt waren, die für uns nie Mutter oder Vater sein würden, die einzigen Wesen, bei denen es uns nie möglich sein würde, um Schutz oder Zuflucht zu bitten, außer aus Versehen. Das machte sie in unseren Augen jedem anderen menschlichen Wesen, das die Erde bevölkerte, überlegen.

Der Gedanke, daß in unserem Leben solche Wesen aufgetaucht waren, die nie Vater oder Mutter für uns sein würden, erschien uns ein mühsamer Gedanke, der mühsamste, den wir je gedacht hatten. Er machte uns schlagartig unendlich müde, stark wie Eichen und altersschwach.

Im Augenblick ihrer Geburt haben wir verstanden, daß wir für uns selbst plötzlich zu etwas Grauem von sekundärem Interesse geworden waren. Unser Hunger, unser Durst und unsere Müdigkeit, die für wesentlich zu halten unsere Eltern uns gelehrt hatten, wurden in eine Grauzone gefegt, wohin niemand, wir weniger als jeder andere, je einen Blick geworfen hätte. Wir waren, in unseren eigenen Augen, zu einfachen farblosen Statisten im Reich unseres Geistes geworden. Uns wie farblose Statisten zu fühlen, waren wir schon lange gewöhnt. Doch im Reich unseres Geistes waren wir bis zu jenem Tag die Herrscher gewesen.

Wir haben von jenem fernen ersten Moment an begriffen, daß wir für unsere Kinder nie etwas anderes sein würden als Schutz und Geborgenheit. Nie würde es zwischen ihnen und uns irgendeine Art von Gegenseitigkeit geben. Nie würde es zwischen uns und ihnen irgendeine Art von Gleichheit geben. Nie würde es Freundschaft geben, weil die Freundschaft der einen wie der anderen Seite Geborgenheit, Schutz und Ausruhen verspricht.

Bei der Geburt unserer Kinder haben wir also eine unermeßliche Kraft in uns gefühlt. Es war jedoch eine Kraft von besonderer Art, weil sich darin Unentschlossenheit, Unsicherheit, Angst und Schrecken verbargen.

Wir fühlten, daß wir nur die Kraft zeigen durften, der Rest mußte unsichtbar bleiben. Wir fühlten jedoch auch, daß wir ihn nicht lange würden verbergen können. Früher oder später würde unsere Angst ans Licht kommen. Wenn ihre Augen auf unsere Angst fielen, würden unsere Kinder uns verachten und hassen.

Daraufhin haben wir darüber nachgedacht, was unsere Eltern für uns waren. Als die Kindheit zu Ende war, hatte uns ihr Schutz gelangweilt und beschämt. Wir hatten dahinter Unentschlossenheit und Angst entdeckt. Wir hatten sie verachtet und gehaßt. Wir hatten uns um uns herum auf die Suche nach anderen Vätern und anderen Müttern gemacht, die besser für uns wären, weniger demütigend und langweilig, und die uns keine Enttäuschungen bereiteten. Obwohl wir genau wußten, daß der Schutz unserer Eltern der einzig wirkliche Schutz war, der uns geschuldet und für uns bestimmt war, der einzige absolute und vollkommene rückhaltlose Schutz ohne Grenzen in Raum und Zeit. Wir brauchten ihn nicht zu suchen, wir konnten sogar davor davonlaufen, oder so tun, als liefen wir davon. Er war über uns wie der Himmel oder die Luft.

Als unsere Eltern starben, war uns, als stürzte der Himmel ein und die Luft würde dunkel. Dennoch fühlten wir uns schon seit langer Zeit als Waise. Seit langer Zeit suchten wir nicht mehr Schutz bei unseren Eltern, oder besser gesagt, wir merkten es nicht mehr. Sie waren für uns zu Menschen geworden, die wir liebten und von denen wir dachten, sie hätten keine präzise Funktion mehr für uns.

Unsere Kinder sehen in uns keine Waisen, oder besser gesagt, sie verwenden nicht dieses Wort, um unsere Person zu bezeichnen, da sie vielmehr gewohnt sind, es auf sich selbst anzuwenden. Der Blick, den sie auf uns werfen, ist manchmal liebevoll, manchmal streng, aber vor allem zerstreut. Darüber hinaus haben sie vom ersten Augenblick ihrer Geburt an im tiefsten Inneren unser hohes Alter und unsere Kraft ermessen. Die Tatsache, daß ihnen unsere Kraft später unbefriedigend erschien, daß sie in uns Unentschlossenheit, Zweifel und Angst wahrnahmen, die Tatsache, daß sie sich wie Waisenkinder fühlten, weil sie zitternden, zögernden und unsicheren Händen anvertraut waren, die Tatsache, daß sie daraufhin Haß, Langeweile und Ungeduld und schließlich vielleicht eine zerstreute Zärtlichkeit uns gegenüber empfanden, löscht jene ursprüngliche und viel wichtigere Tatsache nicht aus, daß wir ihnen im ersten Augenblick, als sie uns ansahen, stark und altersschwach zugleich erschienen sind. Hinter ihrer Enttäuschung steht doch noch die Erinnerung an unsere unerhörte Kraft und unser unerhörtes Alter. Alles, was zwischen ihnen und uns in jenem ersten Augenblick geschehen ist, hat unsere Beziehung unauslöschlich geprägt. Sie waren voller Schrecken und weinten, und wir haben ihnen zu essen gegeben und sie beschützt. Unser Schrecken war viel größer als ihrer, aber wir stellten unsere Angst hintan. Diese Gesten werden wir unser Leben lang wiederholen. Sie werden ihr Leben lang diese Gesten von uns erwarten.

DAS IMAGINÄRE LEBEN

Wenn wir von Scham und Stolz
Reingewaschen unsere Worte.
Wenn uns im Sonnenlicht gelingt
Der Schritt, den man im Schlaf erträumt.
FRANCO FORTINI

Als Kinder und als Jugendliche bedeutete für uns allein sein und nichts zu tun haben, uns sofort imaginäre Orte und Begebenheiten und Geschichten auszudenken, deren Protagonisten wir waren. Orte und Geschichten füllten wir mit Personen, von denen manche erfunden, manche aus unserem wirklichen Leben ausgewählt waren. In der Kindheit überwogen die erfundenen Personen, und wir hatten den Eindruck, unsere Szenarien für sie aufzubauen. Die wirklichen Personen erschienen uns damals bedeutungslos.

Mehrmals haben wir in unserer fernen Kindheit geforscht, um herauszufinden, zu welchem Zeitpunkt wir mit dem Phantasieren angefangen haben. Aber wir können uns nicht mehr genau erinnern, wann es war. In unseren fernsten Erinnerungen begegnen wir Träumen.

Ich glaube, daß jeder von uns das Phantasieren als Kind mit einem eigenen Ausdruck bezeichnet hat. Ich nannte es »nachts sprechen«. In Wirklichkeit phantasierte ich nicht nur nachts, sondern auch tagsüber. Ich denke jedoch, daß das Wort »Nacht« für mich die verborgenen, nächtlichen Eigenschaften des Phantasierens aufzeigen sollte.

Als Kind beherbergte ich in der Phantasie ganze Völker, die in meinen Stunden der Einsamkeit herumwimmelten wie ein Ameisenheer. Sie waren zum Teil meine Untertanen, zum Teil meine Komplizen bei Regierungsverschwörungen, zum Teil meine heimtückischen und bösartigen Verfolger. Ich nannte sie »die Wir«, weil sie sich selbst so zu bezeichnen pflegten. Sie pflegten laut im Chor zu schreien, sich zu brüsten und voller Unverschämtheit ihren bösen Willen kundzutun. Sie waren sehr klein, ein Volk von durcheinanderwimmelnden, eingebildeten schwarzen Zwergen. Sie machten mich wütend, ich weinte, flüsterte, diskutierte mit ihnen, aber vor allem brachten sie mich zum Lachen, wenn sie mich mit ihrem Geschrei bestürmten. Aus Gründen, die ich mir nicht erklären konnte, durfte ihre Existenz niemandem enthüllt werden.

Manchmal, wenn ich mit meiner Mutter die Straße entlang ging, begann ich zu phantasieren, als wäre ich allein in meinem Zimmer. Die »Wir« bestürmten mich mit ihren lauten Forderungen, ich antwortete ihnen mit Zeichen, Grimassen und Geflüster. Meine Mutter fragte mich, warum ich dauernd Grimassen schnitte wie ein Affe. Dann schämte ich mich sehr. Nichts gefiel mir so sehr wie »nachts sprechen«, aber auf der Straße, in Gegenwart meiner Mutter erschien mir diese Sache mit den »Wir« demütigend und entehrend für mich. Ich dachte, ich sei der einzige Mensch auf der Welt, der ein so seltsames, so lächerliches, so demütigendes Geheimnis hatte. Ich dachte, daß ich wahrscheinlich verrückt war.

Später langweilten mich die »Wir«, weil sie mir zu viele zu sein schienen. Ich erfand einen Menschen, dem ich ein wunderschönes Gesicht, ein bauschiges Hemd und dichtes lockiges Haar gab. Ich gab ihm auch einen Namen, er war »Fürst Sergio«. Und ich gab ihm auch eine Schwester, drei Brüder, ein paar Bären und einen ziemlich scharfen Schäferhund. Ich gab ihm einige prächtige Wohnungen, in denen er versteckt lebte. Er war sehr reich, aber er war ein Flüchtling, der während der Revolution mit einigen Staatsgeheimnissen aus Rußland geflohen war. Ich liebte an ihm das fürstliche und unstete Leben. Da er verfolgt wurde, zog er ständig um. Ich pflegte ihn oft anzurufen, indem ich, kaum war ich allein, so tat, als hielte ich einen Telefonhörer in der

Hand. Ich sagte: »Hallo, ist Fürst Sergio da?« Manchmal war er selbst am Apparat, manchmal seine Schwester, Vassilissa. Ich hatte eine Liebesgeschichte mit ihm, die viele Jahre dauerte. Noch heute begegne ich in meinem Gedächtnis den Worten »Hallo, ist Fürst Sergio da?«. Es kommt mir so vor, als hielte ich beim Durchstreifen unbewohnter Räume plötzlich einen alten Pantoffel in der Hand.

Nach der Kindheit langweilte ich mich mit erfundenen Wesen. Es war schöner, die Träume mit wirklichen Personen zu füllen.

Lange Zeit denken wir, wir seien die einzigen Menschen auf der Welt, die ein imaginäres Leben haben. Erst spät begreifen wir, daß es sich um etwas handelt, was viele, vielleicht alle haben.

Als Kinder und als Jugendliche liebten wir es, unser eigenes und das Mitleid der anderen zu erregen. Indem wir uns selbst bemitleideten und uns bemitleidet fühlten, hatten wir den Eindruck, wir würden geliebt. Wir pflegten uns lange mitleidige Worte zuzuflüstern. Im Alter ist unser Mitleid mit uns selbst trostlos, zerstreut und unfruchtbar. Was das Mitleid der anderen mit uns betrifft, so weckt es in uns eine seltsame Mischung aus Dankbarkeit und Widerwillen. Auch die Dankbarkeit ist zerstreut und unfruchtbar. Der Widerwillen ist stärker. Wenn die anderen Mitleid mit uns haben, wenden wir das Gesicht ab.

Als Kinder und als Jugendliche liebten wir es, beneidet zu werden. Im Alter läßt uns die Vorstellung, Neid zu erregen, zu Eis erstarren.

Als Kinder und Jugendliche wucherten in unseren erfundenen Begebenheiten Mitleid und Neid wie Gras unter unseren Füßen, und es erschien uns wunderbar, auf einem solchen Rasenteppich zu gehen. Vor allem aber liebten wir es, rund um uns das Staunen wachsen zu sehen. Da das Staunen das Gegenteil von Gleichgültigkeit ist, war es uns lieb, es in den Augen der anderen zu betrachten und es überall in unseren Erfindungen zu verbreiten, weil wir im wirklichen Leben oft Gleichgültigkeit bei den anderen sahen oder zu sehen vermeinten und darunter litten. In unserem imaginären Leben pflegten wir alles unterzubringen, was unserem wirklichen Leben fehlte oder wovon es zu wenig gab.

Nach der Kindheit, nachdem wir aufgehört hatten, wimmelnde Menschenmengen zu erfinden, und auch, unsere Erfindungen um Versatzstücke aus sentimentalen Romanen herum zu bauen, und es schöner fanden, uns in den Träumen mit einer kleinen Gruppe echter, ausgewählter und aus unserem wirklichen Leben dorthin verpflanzter Personen zu umgeben, entdeckten wir, daß es uns nur in den Träumen gelang, uns unbefangen zu verhalten. Dort konnten wir mit den Personen endlich laut und deutlich sprechen, eine innige, vertrauliche Beziehung herstellen und uns von der Trauer befreien, die wir am Ende der Kindheit in uns aufsteigen gefühlt hatten und die uns auf die Kindheit zurückblicken ließ wie auf einen glücklichen, verlorenen Lebensabschnitt. Selten geschah es uns nun, daß wir laut lachten, während wir phantasierten, und nur selten flüsterten wir, aber der Raum füllte sich für uns mit Gelächter und Geflüster, während wir unbeweglich dasaßen und nur wünschten, daß niemand hereinkommen möge. Unsere imaginäre Stimme klang laut in der Stille unseres Denkens, unsere imaginären Gesten waren anmutig und frei. Da merkten wir, wie arm und verklemmt unsere Beziehungen zu den anderen in der Wirklichkeit waren, wie unbeholfen und geizig unsere Bewegungen, wie selten und schwach unsere Worte. Wenn wir das imaginäre mit dem wirklichen Leben verglichen, hielten wir das erste für unendlich viel schöner und uns selbst darin für endlich frei. Doch es gelang uns nicht, etwas von der Kraft und der Anmut, die wir dort hatten, ins wirkliche Leben hineinzutragen. Im Gegenteil, die Erinnerung an das imaginäre Leben, in dem wir mit wahren Personen nach unserem Gutdünken verfahren sind, sie nach Lust und Laune wie Gegenstände hin und hergeschoben und malträtiert haben, machte uns im wirklichen Leben und in der Gegenwart dieser Personen noch trauriger, unbeholfener und feiger.

Wir dachten, das Ziel unserer Existenz sei, im wirklichen Leben genauso zu werden, wie wir in unseren Erfindungen waren. Wir dachten, wenn wir in der Erfindung trainieren würden, uns frei und mutig zu benehmen, würden wir eines Tages im wirklichen Leben Anmut und Freiheit erlangen. Wir dachten an das imaginäre Leben wie an eine Turnhalle, wo wir endlich lernen würden, uns besser in der Welt zu bewegen. Wir irrten, denn die Erinnerung an das imaginäre Leben belastete uns im wirklichen Leben entsetzlich. Wenn wir sie einander gegenüberstellten, das imaginäre und das wirkliche Leben, schauderte uns vor den Unterschieden zwischen beiden.

In unsere Träume versetzt, behielten die wahren Personen ihre wirklichen Gesichtszüge, aber blasser, verschwommener und weicher. Sie waren freundlicher zu uns, stets bedacht, uns Recht zu geben, überaus achtsam auf jede Regung von schlechter Laune oder Niedergeschlagenheit unsererseits, fügsam, anpassungsfähig, geduldig und bereit, jedes Opfer für uns zu bringen. Wir fanden nicht nur uns selbst in den Träumen besser, sondern auch die anderen fanden wir unermeßlich viel besser, und die Temperatur der Luft war in den Träumen besser, nie zu kalt oder zu warm, so daß wir uns dort nie verschwitzt oder vor Kälte starr, sondern immer in eine wohltuend milde Atmosphäre eingehüllt fühlten. Einzig die Idee, daß all jene Personen, die wir zum Träumen benutzten, in der Wirklichkeit eine Menge zu tun hatten, mit ihren eigenen Gedanken und Sorgen beschäftigt und womöglich gerade in dem Augenblick nervös waren und Wutausbrüche bekamen, in dem wir ihre Person zu gelassenen Verhaltensweisen, Lächeln und liebevollen Gesprächen zwangen, beunruhigte uns. In der Wirklichkeit empfanden wir, in ihrer Gegenwart, eine Art Gewissensbiß, als hätten wir sie ohne ihr Wissen mißbraucht, und als müßten von unseren Träumen Schwärme von Mücken oder Schnaken aufsteigen und alle belästigen. Die Tatsache, daß die anderen gar nicht wußten, daß sie unsere Träume bewohnten, erschien uns nicht beruhigend, sondern verunsicherte uns noch mehr, denn unser Gedanke war ja für uns etwas, das es gab, wenn auch im Verborgenen, etwas, das es gab und das zum Wahren gehörte, und sein geheimes und unsichtbares Wesen machte ihn noch frecher und unangebrachter gegenüber der Wirklichkeit.

In unseren Träumen schwand in uns unsere ständige Angst, daß es uns niemals gelingen könnte, Protagonisten zu werden, sondern daß wir für immer Statisten bleiben müßten. In unseren Träumen stellten wir uns unverzüglich und entschlossen in den Mittelpunkt des Universums. Glühende und tiefe Gefühle entbrannten um uns herum. Wir umgaben das Szenarium unserer Erlebnisse mit Zeugen, die ungläubig und staunend unser hohes, außergewöhnliches Schicksal verfolgten. Eine der Personen aus unserem wirklichen Leben gaben wir uns als Protagonistin zur Seite, und die anderen, die, die uns in der Wirklichkeit Verehrung und Angst einflößten, verwandelten wir in Zuschauer und Statisten. Das bereitete uns eine diebische Freude, die uns sehr seltsam, unverschämt und vielleicht auch verbrecherisch vorkam. Um nichts auf der Welt hätten wir darauf verzichtet, und um nichts auf der Welt hätten wir sie auch nur einer Menschenseele enthüllt.

In der Kindheit dachten wir, wir müßten in den Träumen vor allem unser Glück aufbauen und betrachten. In den Träumen hatten wir uns selbst elegante neue Kleider angezogen, wir hatten uns an wundervolle Orte versetzt, in prächtige reiche Häuser, in Parks und weite Wiesengründe, wo Pfauen herumstolzierten, schneeweiße Schafe weideten, herrliche Pferde galoppierten. Doch nach der Kindheit kam uns das Glück langweilig vor. Immer öfter begannen wir, in den Träumen nicht unser Glück, sondern unseren Verfall zu betrachten. Es war, im wirklichen Leben, unsere große Furcht, nicht tragisch, sondern komisch zu erscheinen, und es war unsere große Furcht, daß die Erlebnisse, die das Schicksal uns vorbehielt, nicht im Zeichen der Tragödie sondern im Zeichen der Komik stehen könnten. Deshalb schenkten wir unserem Schicksal, in den Träumen, große, düstere Unglücksfälle. In Trauerkleidung schritten wir hinter den Särgen unserer beiden Eltern her, während die Leute uns über den Kopf strichen, da wir nun arme Waisenkinder waren. In der Wirklichkeit, während wir mit unseren Eltern bei Tisch saßen, dachten wir daran, daß wir sie vor kurzem beerdigt hatten, und indem wir ihnen zusahen, wie sie aßen und in aller Ruhe Bemerkungen austauschten, dachten wir, wie sehr unser wirkliches Leben im Glück verankert sei, denn das Nichtvorhandensein von Begräbnissen und ganz allgemein von Ereignissen erschien uns geradezu einzigartig.

Nach der Kindheit erschien uns unsere eigene Person in unseren Träumen immer mehr in komplizierte und gefährliche Situationen verstrickt, für die es keine mögliche Lösung gab. Wir gossen Ströme von Unglück über uns aus. Wir erfanden für uns lange Krankheiten, Lungenentzündungen, Bluthusten, lange Verbannungen in überaus traurige Krankensäle, herzzerreißende Abschiede von den Menschen, die uns die liebsten waren. Wir starben sogar. Wir wurden vor unserer Haustüre erstochen. Erschossen. Ins Gefängnis geworfen und von Freunden besucht, die über unsere schmutzige Pritsche in Tränen ausbrachen, während draußen ein Schafott auf uns wartete, Glocken sturmläuteten und von überall Leute herbeieilten, um uns sterben zu sehen. Lange Zeit waren unsere Träume immer gleich. Jedesmal veränderten wir nur ein paar winzige Einzelheiten, fügten den Freunden, die kamen und um uns weinten, einige hinzu oder tauschten einige aus, wir veränderten einen Satz von uns in einem Gespräch, unser letztes gelassenes Wort, bevor wir getötet wurden. Lange Zeit gab es in unseren Träumen das Schafott, dann lange Zeit Barrikaden. Wir wußten nicht, warum sich diese Szenarien änderten. Es kam uns nicht so vor, als wären wir es, die sie verändern wollten. Wir hatten den Willen zu träumen, wir wählten mit sicherem Griff die Personen aus, die wir mitnahmen. Die Szenarien und Begebenheiten, so kam es uns vor, hingen nicht von unserem Willen ab. Wir konstruierten sie zwar, gehorchten dabei jedoch einem dunklen Instinkt, der uns befahl, diese oder jene Sache zu inszenieren.

In der Kindheit waren die Szenarien und Begebenheiten in unseren Träumen sehr farbig, und wir hielten uns lange bei jeder kleinsten Einzelheit auf. Wir mußten wissen, wie alle gekleidet waren, welche Tiere dabei waren, und wie die Möbel in den Häusern, die Bäume in den Parks standen. Wenn wir das ganze Szenario vor Augen hatten, verfielen wir in Bewegungslosigkeit. Bewundernd verharrten wir, wie auf Knien, und bewunderten das Leuchten des Himmels, die Pracht der Farben. Nach der Kindheit veränderte sich unsere Art zu träumen vollkommen. Aus unseren Erfindungen verschwand jede Minuziosität und Genauigkeit. Wesentliche Eigenschaften unserer Träume waren nun die Armut der Erfindung, die Raschheit und die Monotonie. Da wir uns für phantasiebegabt hielten, fanden wir es seltsam, daß unsere Träume uns umso mehr Freude machten, je kürzer und ärmer sie waren, je schmuckloser und kahler die Szenarien, und daß sie, obgleich tragisch und blutig, dennoch einem so raschen Rhythmus folgten, daß am Ende kein großer Raum mehr für ein üppiges Wuchern von Fakten übrigblieb. Die Szenarien waren schmucklos, weil wir es nicht mehr liebten, uns mit Farbgebung und Einrichten aufzuhalten. Farben und Einrichtungen langweilten uns. Wenn unser Blut in Strömen floß, hatte es keine Farbe.

Die Begebenheiten gingen immer von einem bestimmten Punkt aus und endeten bei einem bestimmten Punkt, wie ein Lied auf einer Schallplatte. Sie erschienen uns immer unabgeschlossen. Wir sahen zu, wie sie im Schatten verschwanden wie der Schwanz eines Fisches. Auch unser Tod stellte keinen Abschluß dar, denn nach unserem Tod ging es weiter mit den Glocken, den Tränen, wahren Schmerzausbrüchen bei einigen Personen, die wir extra dafür ausgewählt hatten. Unmöglich jedoch, über jenen unabgeschlossenen Punkt hinauszugehen. Wir drehten wieder um und begannen das gleiche von vorne. Die Monotonie erzeugte keinerlei Langeweile in uns. Uns genügten wenige winzige Veränderungen. Verstört, benommen, unbefriedigt und mit der flüchtigen Vision jenes nicht abgeschlossenen Endes tauchten wir aus unseren Phantasien auf.

Oft ist es uns geschehen, mit Verachtung auf unser imaginäres Leben zu blicken. Wir haben gedacht, daß es fern von den Entscheidungen der Intelligenz verlief. Es verlief fern von unserem moralischen Leben. Es trug alle unsere Gedankenabfälle mit sich. Manchmal waren wir in unseren Träumen großzügig, barmherzig, heroisch, zu jedem Opfer und Martyrium bereit. Manchmal jedoch waren wir ein Aas. Wir empfanden, wenn wir uns wie ein Aas benahmen, eine hemmungslose Freude. In unserem imaginären Leben sammelte sich also der schlechteste Teil von uns, der grausamste, eitelste, prahlerischste, faulste Teil von uns. Durch unser ewiges Phantasieren und dadurch, daß wir es zuließen, machten sich Toleranz und Müßiggang im Leben unseres Geistes breit.

Manchmal fragten wir uns, ob es eine Beziehung zwischen imaginärem Leben und schöpferischem Leben gebe. Sie waren beide im selben Bereich angesiedelt, dem Bereich der Phantasie. Zudem entstanden und reiften beide im Müßiggang und in der Einsamkeit.

In den Momenten schöpferischer Tätigkeit hörte das imaginäre Leben gewöhnlich zu existieren auf; gewöhnlich; jedoch nicht immer. Die schöpferische Tätigkeit verlangte tiefe Stille rundum, das imaginäre Leben dagegen war voller Gelächter, Geflüster und Stimmen. Zudem fühlten wir, daß unser Schicksal uns in den Momenten schöpferischer Tätigkeit gleichgültig hätte sein müssen, und es erschütterte uns zu entdecken, daß es manchmal nicht so war. Manchmal bastelten wir weiter an Erlebnissen, um sie unserem Schicksal zu schenken, oder lenkten uns weiter in langen Gesprächen mit imaginären Gesprächspartnern ab, lebten weiter unser imaginäres Leben, wie wir es immer gelebt hatten, und gönnten uns bei der Arbeit Ruhepausen, die uns überaus verächtlich erschienen. Wir pflegten es Arbeit zu nennen, obgleich wir es dem Müßiggang ganz gleich fanden. Der einzige spürbare Unterschied zwischen unserem müßigen imaginären Leben und dem schöpferischen Leben war der, daß unser Denken im schöpferischen Leben zu summen und zu pieksen anfing, als wäre er voller Nadeln und Bienen. Im imaginären Leben war unser Denken ohne Nadeln und ohne Bienen, angenehm flüssig und leer. Und zuletzt entstanden aus unserem schöpferischen Leben Werke, oder konnten entstehen. Das imaginäre Leben war unfruchtbar, daraus entstand nie etwas. Allerdings war dies für uns, als wir jung waren, kein nennenswerter Unterschied, da aus dem, was wir Arbeit zu nennen pflegten, oft ebenfalls nichts entstand.

Und dennoch haben wir in manchen Augenblicken gedacht, daß wir, hätten wir kein imaginäres Leben gehabt, vielleicht nie den Weg zum schöpferischen Leben gefunden hätten oder uns gar nicht eingefallen wäre, danach zu suchen. Im imaginären Leben haben wir überhaupt keine richtigen Verhaltensweisen für das wirkliche Leben gelernt, aber wir haben hie und da für das schöpferische Leben nützliche Elemente darin gefunden, eine Aufmerksamkeit besonderer Qualität, eine zugleich gebieterische und untertänige Art und Weise, wirkliche Tatsachen in uns zu bewegen. Das schöpferische Leben war das Beste, was wir hatten. Das imaginäre Leben vielleicht das Schlechteste. Doch vielleicht waren sie blutsverwandt und untrennbar voneinander.

Manchmal erriet und antizipierte unser imaginäres Leben die Begebenheiten unseres wirklichen Lebens. Es erriet und antizipierte sie jedoch voller Spott. Wenn wir nach Jahren einige unserer Erfindungen mit einigen unserer wirklichen Erlebnisse verglichen, fanden wir in unseren Erfindungen eine grob gezeichnete Karikatur dessen, was wir wirklich erlebt hatten. Manchmal war es auch umgekehrt. Es war die Wirklichkeit, die eine spöttische Karikatur unserer Erfindungen zeichnete, die spöttisch und grausam unsere milden, melancholischen, in Dunst gehüllten Phantasien karikierte.

Manchmal, wenn wir einige imaginäre Begebenheiten mit einigen wirklichen Begebenheiten verglichen, waren wir baß erstaunt zu sehen, was wir uns alles hatten vorstellen können, welche Pläne maßlosen und deliranten Ehrgeizes wir innerlich geschmiedet hatten. Nie hatten wir uns selbst so grotesk empfunden, nie haben wir so dröhnend und bitter über uns gelacht, wie wenn wir die Schnörkel mancher unserer ehrgeizigen imaginären Erlebnisse im Lichte dessen prüften, was uns in Wirklichkeit geschah. Unser Gelächter war unermeßlich, scheußlich für uns, weil es durch die Stille hallte und schmerzhaft in unseren Ohren gellte, weil nur unsere Ohren seinen Klang wahrnehmen konnten.

Im Laufe unseres Daseins entwickeln wir ein starkes Gefühl für das Lächerliche. Beim Erfinden von Begebenheiten für unser Schicksal fällt es uns schwer zu vergessen, daß wir selbst sie erleben werden. Als Kinder und als Jugendliche kam uns, wenn wir uns dem imaginären Leben überließen, der Sinn für das Lächerliche gänzlich abhanden.

Nun, da wir älter werden, wissen wir nicht, was mit unserem imaginären Leben geschehen wird, mit unserer hartnäckigen Gewohnheit zu träumen, die wir uns in frühester Kindheit zugelegt haben. Wir denken, daß uns, wenn wir im Laufe unseres Daseins Protagonistenrollen gehabt haben, dies nun, da wir alt sind, gewiß nicht mehr passieren wird. Die Rolle, die wir im Schicksal der anderen spielen, wird in jedem Fall eine Nebenrolle sein. Wir werden Zeugen sein, Zuschauer, Statisten. Nicht einmal in den Geheimnissen des imaginären Lebens werden wir noch eine entscheidende Rolle einnehmen können. Alle unsere Träume werden ohne Licht sein. Unmöglich, die Lichter anzuzünden, wenn die Leitungen herausgerissen sind, unmöglich, in unseren verwüsteten Theatern eine Bühne aufzubauen. Wir denken, daß dies das Alter ist. Die Handbewegung des

Lichtanknipsens zu machen und im Dunklen zu bleiben.

Als wir jung waren, dachten wir sehr selten an unser Alter. Wenn wir zufällig einmal daran dachten, glaubten wir, das Alter würde uns so verändern, daß wir uns selbst nicht wiedererkennen würden. Wir dachten, wir würden resolut, widerstandsfähig und völlig ruhig. Wir dachten an uns selbst als Alte wie an Unbekannte. Das Schicksal dieser Unbekannten war uns gleichgültig. Ihr Gesicht, ihre Stimme, ihr Denken waren uns fremd. Während wir uns darauf vorbereiteten, Fremde zu werden, bereiteten wir uns darauf vor, uns solide und still im Alter einzurichten, wie man sich auf einen langen bequemen Kuraufenthalt in einer Bäderstadt einrichtet. Das Alter dagegen fährt auf uns nieder wie ein Windsturm. Es erfaßt unsere Fehler, unsere Ungeschicklichkeit, unseren Unverstand, unsere Inkonsequenz und Zerbrechlichkeit. Es bringt keinerlei Heilung für unsere Laster. Sie werden in unseren eigenen Augen noch sichtbarer, in den Augen der anderen noch unverzeihlicher. Und wir sind keine Fremden geworden. Im tiefsten Wesen haben wir uns überhaupt nicht verändert. Wir, wir selbst müssen das Alter ertragen. Die Veränderungen, die mit uns vorgegangen sind, im Körper und im Geist, sind riesig und sehr tief, aber nicht so, daß wir uns selbst nicht wiedererkennen könnten. Der tiefste Kern unseres Geistes ist gleich geblieben. Wir beobachten an unserem Körper und an unserem Geist Veränderungen und Verwüstungen. Wir beobachten sie mit unseren verwunderten Augen, die sich nicht geändert haben.

Wir denken, daß wir langsam hart und autoritär zu uns selbst werden und unserem Denken unerbittlich jede Flucht, jedes Spiel verweigern werden. Wir denken, daß wir die Tür zum imaginären Leben zumachen werden, so wie man Türen und Fensterläden schließt, um zu schlafen.

Doch stattdessen fängt unser Geist in Stunden des Müßigganges wieder an, aus alter Gewohnheit imaginäre Orte zu konstruieren. Müde setzt er sich hinein.

Unsere Phantasie ist schüchtern, kalt, vorsichtig geworden. Im wirklichen Leben haben wir vielleicht ein wenig Schüchternheit verloren, aber jetzt ist unsere Phantasie schüchtern geworden. Wir fragen uns, was wir jetzt tun werden in unseren Stunden des Müßiggangs, in Gesellschaft einer Phantasie, die so kalt und schüchtern geworden und von imaginären Orten umgeben ist, an denen nichts mehr geschieht.

Im Alter haben wir Angst zu vergessen, wie das Glück gemacht war. Wir denken, daß unsere Sicht der Welt nun für immer unvollständig sein wird, immer verstümmelt und schwarz. Es hat in unserem Dasein einen Moment gegeben, in dem wir begriffen haben, daß wir nie wieder glücklich sein würden, daß unser Schicksal uns alles bringen konnte, aber nicht mehr das Glück. Solch ein Moment zieht eine Grenzlinie durch unser Dasein, eine tiefe, schwarze Furche. Um uns an das Glück zu erinnern, müssen wir den Boden jenseits dieser Furche betrachten. Es gibt Erinnerungen in uns. Doch diese Erinnerungen bringen uns nur einige verstreute Merkmale des Glücks zurück. Wir finden es schwierig, das Glück in seinem Gesamtbild zu rekonstruieren. Die Erinnerungen bringen uns Gefühle zurück, die uns, im Vergleich mit dem Glück, erhabener und leidenschaftlicher erscheinen. Aber wir fürchten, wir könnten vergessen, wie das Glück gemacht war, das Glück, in dem wir lebten wie in unserem natürlichen Element, und das wir so natürlich fanden, so selbstverständlich, so real, daß wir sogar soweit gingen, es schlecht zu behandeln.

In den Erinnerungen sind Anwesenheiten und Verluste unauflöslich verbunden. Wir sehen, daß auf jede ferne Erinnerung, ob an Schmerz oder an Glück, rot und fern eine einzige Sonne scheint. Sie macht jeden geringsten Augenblick unserer Vergangenheit kostbar und hell. Es scheint uns unmöglich, daß uns das Vorrecht zuteil wurde, uns in jenen Gegenden aufzuhalten, in jener Pracht zu existieren. Doch ist sie so fern, daß wir die Wärme ihrer Strahlen auf unserem kalten Sand nicht mehr wiederfinden können.

Wenn wir meinten, wir seien verliebt, bekam das imaginäre Leben eine ungeheure Wichtigkeit für uns. In unseren Gedanken sprießten Träume wie Blüten an einem Baum im Frühling. Wir streuten sie in Mengen auf unser Schicksal. Indem wir sie unserem Schicksal schenkten, fühlten wir uns unvorsichtig, weil wir begriffen, daß unser Schicksal gerade sehr empfindlich war und auch eine einzige Blüte ihm wehtun konnte. Dennoch wußten wir nicht, wie wir unsere Gedanken versteinern sollten. Wir wußten nicht, wie wir sie am Blühen hindern sollten.

Im Alter haben wir Angst zu vergessen, wie die Liebe gemacht war. Wir erinnern uns, daß sie zweierlei sein konnte. Sie konnte unvermittelt sein und die Welt in Brand stecken. Oder sie konnte kaum merklich sein und die Farbe der Luft haben. Die Liebe glich entweder der Luft oder dem Feuer.

Wenn sie wie die Luft war, erkannten wir sie an wenigen Anzeichen. Daran, wie rasch die Stunden vergingen; am leichten Atem; an dem großen Vergnügen, das wir bei den kleinsten und geringsten Tätigkeiten empfanden, wenn wir eine Schublade aufräumten oder das Haus verließen, um einen Brief einzuwerfen; Handlungen, die uns gewöhnlich, im Grau unserer Tage, belasten und tödlich langweilen. Unser imaginäres Leben war wie immer, wenn auch reicher an Begebenheiten. Wir blieben jedoch in der Sphäre der Vernunft. Wir fühlten uns stark, gescheit, ruhig.

Wenn die Liebe wie das Feuer war, verging die Zeit für uns weder langsam noch rasch, denn es gab sie nicht mehr. Wir konnten Stunden damit verbringen, reglos zuzusehen, wie die Welt brannte. Die Gespräche mit Fremden oder die Angelegenheiten von Fremden verursachten uns ein Gefühl des Erstickens, und uns war, als atmeten oder schluckten wir Asche, oder vielmehr, als ertränken wir in Asche. Unsere Gedanken, oder das, was von unseren Gedanken übrigblieb, irrte wie betäubt zwischen Flammen und Asche umher. Wir konnten nichts mehr tun außer träumen. Unser imaginäres Leben war jedoch außerhalb der Sphäre der Vernunft, denn es wirbelte mit wahnsinniger Geschwindigkeit über verwüstetes Land, und in manchen klaren Augenblicken erschien es uns extrem gefährlich, wie alles gefährlich ist, wenn Feuer im Spiel ist. Es zeigte uns nun keine seltsamen und wunderbaren Begebenheiten, sondern einfache und wahrscheinliche Dinge, und war auch deshalb gefährlich, weil es sich so nah an die Wirklichkeit hielt und versuchte, sie an sich zu reißen und sich gleich zu machen. Die Dämme zwischen Wirklichkeit und Traum waren gebrochen und fortgerissen worden. So geschah es, daß wir in der Wirklichkeit die gleichen Worte aussprachen, die wir im Traum benutzten, und in der Wirklichkeit die Handlungen ausführten, von denen wir zu träumen pflegten. Doch unsere Worte klangen in der Wirklichkeit schrill und widerspruchsvoll, unsere Handlungen waren sinnlos und traurig. Da dachten wir an das imaginäre Leben wie an den schlimmsten Feind unseres wirklichen Lebens. Es war der Traum, der uns zu unfähigen, unglücklichen Einzelgängern machte. Es war der Traum, der uns krank machte und lähmte, der unsere Seele mit riesigen Wolken aufblähte, so daß es ihr schwer und unmöglich war, sich frei im wirklichen Leben zu bewegen.

Wenn wir an unsere Jugend zurückdenken, erinnern wir uns, daß wir zu jener Zeit ganze und lange Liebesgeschichten wie auf zwei Ebenen erlebten, einer imaginären Ebene, wo glückliche Beziehungen blühten, und einer wirklichen, trostlosen Ebene, wo wir nur Schmerz erfahren haben. Wir denken, daß in unserem wirklichen Leben, hätten wir nicht in der Phantasie so glückliche Ereignisse kennengelernt, der Schmerz nicht so wüst und tief gewesen wäre.

Blühend und voller glücklicher Begebenheiten, hatte unser imaginäres Leben unserem wirklichen Leben Unglück gebracht. Es war an dessen Stelle getreten und hatte ihm Stadtviertel und Provinzen geraubt. Und es war, als hätte jemand für uns entschieden, daß wir, da wir in der Phantasie schon eine glückliche Geschichte erlebt hatten, sie in der Wirklichkeit keineswegs noch einmal zu erleben brauchten. Wenn wir an jene glücklichen imaginären Beziehungen zurückdenken, überrascht es uns zu entdecken, wie wahrscheinlich und möglich sie waren, und voller Ereignisse und Worte, die echt zu sein schienen. Das einzige, was sie von der Wirklichkeit unterschied, war der Umstand, daß sie nie geschehen waren.

Jahrelang war unser imaginäres Leben ruhig. Auf seine Blüten, die während unserer eiligen Vormittage weiß jenseits der Scheiben blinkten, warfen wir ab und zu einen klaren und geistesabwesenden Blick. Während wir allein die Straße entlanggingen, geschah es uns zuweilen, daß wir rasch ein Schafott errichteten, auf das wir dann hinaufstiegen, um wunderbar gelassen zu sterben. Oder daß wir, uns vor einen fahrenden Zug werfend, ein paar Menschenleben retteten. An der Zerstreutheit unserer Erfindungen erkannten wir, daß sie überflüssig für uns waren. Über unser Leben, das ohne Martyrium war, gossen wir ein wenig Martyrium und ein wenig Blut. Unsere Phantasie erwachte nicht in Augenblicken der Schwermut, sondern der Freude. Sie bedeutete kein Refugium für uns, sondern kurze Ferien.

So erinnern wir uns, wenn wir uns im Alter zu entsinnen versuchen, wie das Glück war, daß es eine Zeit ruhiger Phantasien war. Es war eine Zeit, in der wir zu den anderen natürliche und durchsichtige Beziehungen hatten. Es war eine Zeit, in der wir uns nie fragten, ob wir die Hauptperson waren oder je sein würden. Wir fühlten uns physisch im Mittelpunkt des Universums, oder besser gesagt, wir fühlten, daß wir im Universum den einzigen Platz einnahmen, der uns richtig und notwendig erschien.

Es war eine Zeit, in der das Schweigen und der Müßiggang Ideen hervorbrachten, nicht Entbehrungen oder Wünsche. Unser imaginäres Leben ruhte sich aus. Seltene imaginäre Unterredungen mit Gesprächspartnern, denen wir keine große Bedeutung beimaßen, seltene Szenen von Tod und Ruhm, seltene Trompetenstöße mit Glockengeläut und Fahnenschwingen waren die leichten und glücklichen Blüten, die wir in Zeiten des Glücks mit uns herumtrugen.

Im Alter denken wir an alles, was wir gehabt haben und nie mehr haben werden, an alles, was wir getan haben und nie mehr tun werden, und auch an alles, was wir nicht gewesen sind und nie sein werden. So lernt unser Denken die Unausweichlichkeit kennen. In der Jugend hatten wir die Unausweichlichkeit nur bei Schicksalsschlägen gekannt. Unser alltägliches Leben war jedoch das Gegenteil von Unausweichlichkeit. Kaum hoben wir die Augen von unserem Unglück, gaben wir unserem Schicksal Möglichkeiten der Veränderung. Vom vielen Unglück bleich geworden, eilte unser imaginäres Leben uns zu Hilfe, sowie wir allein waren. Es bevölkerte unsere einsamen Wege mit Freunden; erfüllte unsere leeren Tage mit Versprechungen; Stimmen und Flüstern erklangen in der Stille; wir selbst stellten die Fragen und gaben die Antworten, doch waren jene imaginären Gespräche so tröstlich, daß sie von außen zu kommen schienen. Die Unausweichlichkeit im Alltag kennenzulernen, heißt für unser Denken, sich innig mit unserem Tod vertraut zu machen, nicht dem imaginären, dem wirklichen.

Im Alter geschieht es uns, daß wir in unserer Vergangenheit eine Tatsache durch eine andere ersetzen, also an den wirklichen Begebenheiten unserer Vergangenheit eine Berichtigung vornehmen. Wir merken daran, daß wir nicht mehr in der Zukunft, sondern in der Vergangenheit erfinden, und daß wir uns beim Berichtigen der Vergangenheit in einer Welt von Dingen bewegen, von denen wir wissen und erkennen, daß sie unmöglich sind. Als wir jung waren, bewegte sich unser imaginäres Leben nie zwischen unmöglichen Dingen, denn obgleich es uns geschehen konnte, seltsame und wunderbare Begebenheiten zu konstruieren, verbarg sich in ihnen doch immer irgendwo eine Hoffnung oder ein Durst oder eine Entbehrung oder ein Flehen oder ein wirklicher Wunsch. Im Alter fühlen wir uns, wenn wir unsere Vergangenheit berichtigen, plötzlich in ein imaginäres Leben eingetaucht, in dem es keine Hoffnung gibt, keinen Durst, kein Flehen und auch keinen Wunsch, weil man unmögliche Dinge nicht erfleht und sich nicht wünscht, oder besser gesagt, man wünscht sie sich, aber mit dem eindeutigen Gefühl, die Leere zu wünschen, anzuflehen und zu berühren. Wir wenden die Augen von jenen Vorstellungen ab und werfen jede Berichtigung fort. Wir empfinden eine Art Treue zu den Dingen, die gewesen sind. Diese Treue zu den Dingen, die gewesen sind, führt unseren Gedanken an einen Punkt, der dem, was unser langes imaginäres Leben gewesen ist, entgegengesetzt ist, sie führt ihn an einen Punkt, wo alles klar, unausweichlich und wirklich ist.

DAS ZENTRUM VON ROM

Vor einiger Zeit ist ein Buch mit dem Titel *Contro Roma* erschienen, *Gegen Rom*; es ist von verschiedenen Schriftstellern geschrieben, und jeder sagt über Rom alles erdenklich Schlechte. Und wahrhaftig kann man über Rom nur Schlechtes sagen; gute Eigenschaften hat diese Stadt keine; ihre Laster und Fehler werden mit jedem Tag schlimmer, und man fragt sich, wie man das bloß aushalten kann. Rom ist schmutzig, unförmig, chaotisch, zynisch, infam und ohrenbetäubend laut, unter Autos begraben. Es bleibt jedoch die geheimnisvolle Tatsache, daß sehr viele von denen, die hier leben, im Grunde nirgends sonst leben möchten: und da sie keinen Anlaß haben, die Stadt zu lieben, sondern vielmehr tausend Anlässe, sie zu hassen, erklärt sich jeder selbst seine Absicht, dennoch und für immer zu bleiben, mit streng persönlichen Gründen: die Arbeit, Freunde, Erinnerungen, die Unmöglichkeit, sich anderswo niederzulassen; und aus all diesen persönlichen Gründen und persönlichen Verkettungen scheint diese seltsame, unförmige, schwerfällige, kolossartige Stadt zu bestehen. Obwohl sie ein Koloß ist, scheint sie sich nicht bewußt zu sein, daß sie eine Großstadt ist; Beziehungen zwischen dem Zentrum und den Stadtvierteln, die es umgeben, und den riesigen, erst vor wenigen Jahren entstandenen, aber schon alten und vom Aussatz befallenen Vorstädten gibt es nicht; die Stadt scheint sich ihrer selbst nicht bewußt, scheint unfähig zu sein, irgend ein Urteil über sich selbst abzugeben oder irgendeine Absicht oder einen Plan für die Zukunft zu hegen; oder vielleicht kommen sogar manchmal Pläne für die Zukunft auf, doch erkranken sie sofort, und von diesen kranken oder gestorbenen Plänen ist die Stadt voll und verstellt.

Das Haus, in dem ich lebe, ist hoch, groß, alt, im Zentrum von Rom; es steht an einer asymmetrischen Ausbuchtung, die Platz genannt wird: Aber eigentlich ist es kein Platz. Meine Wohnung hat drei Fenster, die auf diese Ausbuchtung hinausgehen; die Dächer sind rosafarben und voller Tauben; es heißt aber, daß seit einiger Zeit die Leute auf manchen Terrassen Körner ausstreuen, die Tauben fangen und an die Restaurants verkaufen; ich weiß nicht, ob das stimmt; aber vielleicht haben die Tauben untereinander über diese Gefahr gesprochen, denn mir scheint, daß es weniger Tauben gibt als früher: Wahrscheinlich werden sie, nach und nach, diese Dächer verlassen. Katzen gibt es noch viele im Zentrum von Rom; mager und schmutzig schlüpfen sie zwischen den Unmengen von Autos hindurch; ernährt werden sie von alten Frauen mit Papiertüten; aber vielleicht verschwinden bald auch die Katzen, weil jemand beschließt, sie an die Restaurants zu verkaufen.

Manche der Restaurants im Zentrum sind immer leer; man sieht blütenweiße Tischdecken, wartend herumstehende Kellner, und einen riesigen, prachtvollen Aufbau von Speisen auf einem langen Tisch in der Mitte, rohe und gekochte Artischocken, Meeresfrüchte und Braten, aber keinen einzigen Gast. Andere Restaurants sind übervoll. Man fragt sich, was sie in diesen leeren Restaurants mit den Braten und den Meeresfrüchten, den schwarzen Muschelbergen, den grünen Broccolettikugeln, den schon gekochten, aufrecht im Öl stehenden Artischocken wohl tun: wer wird sie essen? Man fragt sich, wie die Besitzer es anstellen, zu überleben. Genauso fragt man sich, wie manche Geschäfte überleben, in die nie jemand einen Fuß hineinsetzt, nicht einmal zufällig: manche Antiquitätenläden, in denen seit Jahren dieselben staubigen Suppenschüsseln, dieselben geblümten Tabletts ausgestellt sind; und manche winzigen Kurzwarenläden, wo seit Jahren zyklamfarbene Unterhemden hängen; manche Cafés mit Neonbeleuchtung und keinem einzigen Stuhl, als hätte das Geld gefehlt, um einen Stuhl zu kaufen, und einem Schild am Telefon, auf dem »kaputt« steht; der Kaffee ist, wenn es einmal vorkommt, daß wir ihn in einem dieser Lokale trinken, wässrig und schlecht, aber unter Umständen ist er in anderen Cafés, die von Menschen überquellen, ebenso wässrig und schlecht. So ist es in Rom immer gewesen und vielleicht wird es, ich weiß es nicht, in jeder Stadt so sein: unerklärlich volle Lokale, leere Lokale; aber hier scheinen die Orte, an denen sich die Leute drängen oder an denen niemand ist, ganz besonders von geheimnisvollen Launen bestimmt zu sein.

Mein Haus ist von zwei Straßen eingerahmt: eine ist eine enge krumme Gasse, vollgestellt mit Müllsäcken, wenn Streik ist, und von Wasser triefend, wenn die Regenrinnen an den Dächern kaputt sind oder zuviel Wasser da ist: sie führt zu einem kleinen Platz, wo morgens Gemüse verkauft wird und nachmittags dicht an dicht die Autos stehen. Die andere Straße ist gerade; sie verläuft zwischen verschiedenen Geschäften und führt zum Platz des Pantheon; und da dieser Bereich nun Fußgängerzone ist, hat man sich ausgedacht, in der Mitte dieser Straße große Topfpflanzen aufzustellen, Palmen und Pinien, die den Schritt behindern. Die Auswahl der Pflanzen, Palmen und Pinien, drückt Unentschlossenheit aus: es ist die Unentschlossenheit Roms, das nie recht weiß, ob es Süden oder Norden sein soll, ob es Tirol oder Afrika gleichen soll. Seit langer Zeit, ich weiß nicht mehr seit wann, ist das Pantheon von einem Eisengerüst umgeben: und ganz oben am Gerüst hängt eine Strohverkleidung, ein wehendes, ausgefranstes Rechteck, das immer so aussieht, als werde es gleich herunterfallen. Auch auf dem Platz vor dem Pantheon sind Topfpflanzen aufgestellt worden: einige im Halbkreis angeordnet, andere hier und dort verstreut. Beim Anblick dieser Pflanzen, hier und in anderen Bereichen des Zentrums, spürt man den dahinterliegenden Wunsch, eine Beziehung zur Pflanzenwelt herzustellen: eine unhaltbare Beziehung, ein unsicherer, zerbrechlicher Wunsch; dieser Teil Roms ist Stein und nur Stein, es gibt keine Alleen, jede Vorstellung von Garten erscheint hier maßlos fern; nur oben auf manchen Terrassen wird ein wenig Grün angebaut: Basilikum, Geranien, Tomaten- und Pepperonistauden: Pflanzen, die mit dem Stein kämpfen, mit der Sommerhitze, der Winterkälte und dem Staub. Grün, lebendig und unbeabsichtigt wächst dagegen das Gras zwischen den Steinen des Pantheons und überall zwischen den Ruinen Roms: und es ist, als könne das Grün in Rom nur dann lebendig und stark erscheinen, wenn es unbeabsichtigt und irgendwie wild ist, dem lauen und kräftigen Fell eines Tieres gleich.

In anderen Bereichen des Zentrums, die ebenfalls Fußgängerzone sind, hat man Teppiche auf den Straßen ausgelegt, die sofort sehr schmutzig geworden sind: vorauszusehen, daß sie bald schmutzig werden würden, war leicht, aber in dieser Stadt wird nie etwas vorausgesehen. Auf den Teppichen, zwischen den Topfpflanzen, sind in der Absicht, die Vorstellung von Frieden und Sommerfrische zu wecken, Hollywoodschaukeln aufgestellt worden, geschützt von Sonnenschirmen: aber ich habe auf diesen Hollywoodschaukeln nie eine Menschenseele sitzen sehen. Für diejenigen, die in den mit Hollywoodschaukeln, Teppichen und Topfpflanzen ausgestatteten Straßen wohnen, muß dann, wenn es einmal notwendig sein sollte, daß jemand mit dem Krankenwagen in ein Krankenhaus gebracht werden muß, oder wenn es geschieht, daß jemand stirbt, alles extrem kompliziert sein, da kein Auto vor die Haustüren gelangen kann, ohne Hollywoodschaukeln und Pflanzen umzureißen. Und so ist Rom: nicht einmal zufällig wird je ein Gedanke auf die Kranken, die Alten und die Toten verschwendet. Statt dessen hegt man Träume von Sommerfrische, da dies eine Stadt ist, in der Müßiggang vielleicht noch möglich, Ferienmachen aber von jeher unmöglich gewesen ist. Der Unterschied zwischen Müßiggang und Ferienmachen ist, daß Müßiggang zufällig, zerstreut und unabsichtlich und Ferienmachen geplant ist: und sich in Rom auf entschiedene und geplante Weise auszuruhen ist vollkommen unmöglich.

Den Alten, den Kranken, den Angehörigen der Toten hat man das Leben also hart und schwierig, um nicht zu sagen unmöglich gemacht. Dies ist gewiß das größte Laster Roms: eine unerschütterliche Gleichgültigkeit, sichtbar in jedem kleinsten Winkel, gegenüber Krankheit, Leiden, Armut und Tod. Wir wissen genau, wie die Krankenhäuser in Rom sind, und daß die Kranken auf Bahren im Freien von Hof zu Hof geschoben werden, um nur eine winzige Einzelheit zu nennen, die wir alle schon beobachten konnten; wir wissen, wie in Rom die Irrenanstalten sind; wir kennen die Unordnung und die Trägheit der öffentlichen Einrichtungen in- und auswendig. Es ist nicht die Gleichgültigkeit der modernen Großstädte, die durch Hast und Mühe Menschenleben verschleißen; Rom verschleißt nichts und niemanden; es ist auch zum Verschleißen zu gleichgültig und zu träge. Seine Gleichgültigkeit ist Jahrtausende alt, wurzelt im Straßenpflaster und in den Gehsteigen: wir begegnen ihr in jedem Stein, hören ihren Takt in den Stimmen der Leute, die vorübergehen. Diese Gleichgültigkeit wird jedoch jeden Tag älter, blinder, tauber und monumentaler; sie legt sich über den Schmerz und erschlafft darauf wie ein großes altes Tier, das vom Schlaf übermannt wird: sie geht auf das Unglück nieder und zerfleischt es, ohne ihm überhaupt ins Gesicht gesehen zu haben.

Zur Weihnachtszeit werden die Straßen mit den Teppichen mit strahlenden Girlanden geschmückt und mit strahlend weißem künstlichem Rauhreif bestäubt; künstliche Schneeflocken, die uns nicht an Weihnachten, sondern eher an Verbandswatte denken lassen, werden an die Schaufenster geklebt; Weihnachtsmänner mit kümmerlichen Bärten, gekleidet in leichte, abgetragene rote Wollmäntel, stehen auf den Straßen des Zentrums herum, und wenn wir sie plötzlich vor uns sehen, denken wir, daß weder ihnen noch uns die Notwendigkeit ihrer Präsenz bekannt ist; und das einzige, was uns hier zur Weihnachtszeit wirklich und angebracht zu sein scheint, ist die lange, traurige Melodie der Dudelsackpfeifer, weil sie die Erinnerung an die Campagna heraufbeschwört, die uns, in jenen Augenblicken, nicht grenzenlos fern zu sein scheint. Rom ist sehr wenig weihnachtlich und im allgemeinen wenig festlich; es wirkt, als seien die Feiertage, Neujahr und Karneval extra dazu erfunden, es grauer, öder und schmutziger erscheinen zu lassen. Rom ist auch sehr wenig winterlich. Den wattierten, tiefen Winter der Städte des Nordens kennt Rom nicht, und dennoch scheint es sich in der Winterzeit als nordische Stadt verkleiden zu wollen; doch die Gewänder und Zeichen des Winters wirken an ihm wie falsche Brillanten und billiger Plunder, wie die auffälligen und lumpigen Pelzmäntel einer armen Hure. Geht man im Winter durch die Straßen von Rom, kann man zwar manchmal hundsgemein frieren, aber die Abwesenheit des wahren Winters liegt dennoch spürbar in der Luft: die Luft ist schneidend, entbehrt aber der winterlichen Fülle und Heilsamkeit, und immer scheint darin, ganz unten, ein ununterdrückbarer schwüler Sommer zu lauern. Dieser nie ganz erreichte Winter erscheint uns manchmal wie eine weitere der tausend Schwierigkeiten, die Rom dabei hat, eine bestimmte und klar umrissene Physiognomie anzunehmen. Und daran, daß es ihm nicht gelingt, eine winterliche Stadt zu sein, ist Rom nicht schuld: an tausend Dingen ist es schuld, aber dafür ist es nicht verantwortlich: und dennoch kann es einem passieren, auch diese Besonderheit unter die Anklagen einzureihen, die wir gegen Rom zu erheben pflegen, und sich nach dem großen, wahren Winter der Städte des Nordens zu sehnen und auch daraus einen Grund zum Groll gegen die Stadt zu schöpfen. Auf Kälte ist Rom allerdings auch nicht vorbereitet, so wie es stets auf alles unvorbereitet ist. Obgleich es sich mit den Zeichen der Kälte geschmückt hat, empfängt es sie wie einen sinistren, plötzlichen Fluch: und wenn ein wenig echter Schnee fällt, bleibt die Stadt stehen. Das Zentrum ist voller unbeweglicher Autos, die klagende Schreie ausstoßen, die Abwasserrohre platzen, die Bäume stürzen um in den Vierteln, wo es Bäume und Gärten gibt, und versperren die Straßen; und jener wenige und wässrige Schnee ist sofort sehr schmutzig, matschig und glatt unter den Schuhen, kein bißchen lustig. Rom ist im übrigen nie lustig; und auch nie traurig: so wie die großen Tiere weder lustig noch traurig sind, sondern riesig, feierlich, gleichgültig und tragisch, und nicht zu scherzen und nicht zu weinen verstehen, sondern nur brüllen oder trompeten oder heulen.

In Wirklichkeit ist es im Zentrum von Rom nie Winter, auch nicht Herbst oder Frühling, und vielleicht nicht einmal Sommer: das Zentrum von Rom ist Stein und nur Stein, und der Stein siegt über die Jahreszeiten. Es herrscht dort eine einzige, namenlose Jahreszeit, die alle vier zusammenfaßt: die sengende Sommersonne bringt die Stadt, ihre Plätze und den Asphalt zum Glühen, doch erreicht sie nie manche Gassen im Zentrum, die in ihre schwarze, tausendjährige Feuchtigkeit und einen finsteren Geruch nach Katzen und Urin getaucht bleiben; der Meereswind, sanfte Brise der Sommerabende, dringt nicht bis in jene Gassen. Manchmal, wenn wir uns an der Spanischen Treppe oder auf der Piazza Venezia oder auf der Piazza del Popolo befinden, erscheint uns die Luft auf einmal so herb und klar, daß wir wahrhaftig nicht zu sagen wüßten, in welcher Jahreszeit wir gerade leben; und obgleich ein Meer von Autos um uns brandet und der Lärm uns die Ohren zerfetzt, erscheint uns auf einmal die Zeit, in der uns Rom so schön und klein vorkam, eine Art Dorf, wo man zu Fuß ging und mit den Freunden im Sonnenuntergang plauderte, die Straßen und Plätze und Freitreppen und Gassen hinauf- und hinunterschlenderte und sich zwischen das Gras und die Katzen und die Steine setzte, eine Art Dorf mit feierlichen antiken Ruinen, diese Zeit erscheint uns dann gar nicht mehr so fern und wir denken, daß sie vielleicht wiederkommen könnte. Es war die Zeit nach dem Krieg; diejenigen, die Rom in jenen Jahren entdeckt und geliebt haben, lieben es auch heute noch, einfach aus einer vielleicht unlogischen Treue zu einem Wesen, dessen verborgene und offensichtliche Laster wir erkannt und verstanden haben und das keine Geheimnisse mehr für uns hat.

Wir haben gesagt, daß Rom keine Vorzüge hat: aber einen hat es vielleicht, und das ist der Meereswind; wenn wir an Sommerabenden nach erstickend heißen Tagen seinen Hauch spüren, begrüßen wir ihn mit Dankbarkeit, und in jenen Augenblicken ist uns, als sei Rom eine wohlwollende und gastfreundliche Stadt, wo man auch in der Sommerhitze gut lebt. Das sind die besten Augenblicke in Rom: wenn man im Sommer mit den Freunden im Freien im Restaurant sitzt und der Wind vom Meer her weht und die Nacht hereinbricht. Und dennoch sind auch jene Augenblicke nicht mehr, was sie einmal waren, als es uns richtig erschien, Rom zu lieben, als es uns so schön und klein vorkam wie ein Dorf, und die Steine und die Nacht uns gehörten; als die Autos noch nicht in jeden Winkel gedrungen waren, sich nicht überall häuften und unaufhörlich, Tag und Nacht, durch die Straßen und die Unterführungen kurvten; heute stehen die Tische der Restaurants eng nebeneinander auf dem Bürgersteig, und die Leute streifen sie im Vorübergehen; es scheint uns, als gebe es keinen Raum mehr für Müßiggang und auch keine Stille, um sich zu unterhalten; und die Freunde von einst haben wir verloren, es bleiben uns wenige andere; in Rom brechen die Beziehungen zwischen den Menschen nicht ab, sondern sie verpuffen; wer weiß warum, ohne wirkliche Zwistigkeiten sehen wir die Freunde, mit denen wir zu Abend zu essen und zu sprechen pflegten, nicht mehr, obwohl wir vielleicht immer noch Zuneigung und Achtung für sie empfinden. Von verpufften Freundschaften, gelockerten, zerschlissenen Bindungen ist die Luft rund um uns voll. Wir geben den Entfernungen die Schuld, den Zeiteinteilungen, der Arbeit; aber in Wirklichkeit handelt es sich nicht darum. Die Wahrheit ist, daß die Freundschaften in Rom wandelbaren Gesetzen folgen; die Beziehungen zwischen Personen zu pflegen ist nicht möglich, sie wachsen vielmehr ungeplant, an Orten, in Momenten und unter Bedingungen, unter denen wir nie geglaubt hätten, daß sie wachsen könnten, ähnlich dem Gras zwischen den Ruinen.

ÜBER DIE ABTREIBUNG

Ich denke, daß die Frage der Abtreibung wohl die komplizierteste, heikelste, traurigste Frage ist, die es gibt: ein Gebiet, in dem man sich nur mit großer Schwierigkeit bewegen kann.

Ich bin für die Legalisierung der Abtreibung. Ich denke, daß die Unione delle Donne Italiane recht hat, wenn sie – wie Franco Rodano [italienischer Journalist] geschrieben hat –, »die einzige volkstümliche und somit ernsthafte, wirklichkeitsnahe und authentische Organisation der Frauenemanzipationsbewegung«, »den Vorschlag einbringt, daß die Abtreibung straffrei sein soll, *vorausgesetzt daß* sie *nur* in Einrichtungen des öffentlichen Gesundheitswesens durchgeführt wird«.

Widerwärtig an der Kampagne für die Legalisierung der Abtreibung finde ich eine weitverbreitete Haltung lautstarker Dreistigkeit, ich finde es widerwärtig, daß von der Abtreibung gesprochen wird, als wäre sie ein freiwilliges, fröhliches Fest. An der Kampagne für die legale Abtreibung finde ich die gesamte, damit einhergehende Choreographie widerwärtig, den Lärm und das vorlaute und zugleich makabre Festgeläute, die Aufmärsche von Frauen, die sich Püppchen auf den Bauch gebunden haben, samt dem Spruch: »Mein Bauch gehört mir, und ich mache damit, was ich will«. In Wahrheit gehört uns ja auch das Leben, und niemandem von uns gelingt es, daraus zu machen, was er will.

Die Legalisierung der Abtreibung muß vor allem aus Gerechtigkeit gefordert werden. Es muß eine nüchterne, strenge Forderung sein, die die Bürger an das Gesetz stellen. Es ist unerträglich, daß arme Frauen ihr Leben aufs Spiel setzen oder sterben, indem sie mit Stricknadeln abtreiben, und reiche Frauen bequeme

Kliniken aufsuchen können und nichts oder nur sehr wenig riskieren. Das ist unerträglich. Wir wissen genau, wie Gesellschaft und Gesetz heute sind; wir wissen genau, wie chaotisch und weit von jeder Idee der Gerechtigkeit entfernt sie sind; aber wir wissen auch, viele von uns vielleicht auf eine ungehobelte, leidenschaftliche und wirre Art und Weise, wie sie eigentlich sein sollten. Das Gesetz sollte einzig und allein gerecht sein; es sollte weder starr noch weich, sondern nur gerecht sein; und in die Angelegenheiten einzelner nur dann eingreifen, wenn diese von Gefahr, Unglück, Schuld oder Krankheit betroffen sind.

Wenn man eine Sache will und fordert, ist es notwendig, sie bei ihrem wahren Namen zu nennen. Ich finde es scheinheilig zu behaupten, Abtreiben sei nicht Töten. Abtreiben ist Töten. Das Recht auf Abtreibung muß das einzige Recht auf Töten sein, das die Bürger vom Gesetz fordern können. Es geht bei der Frage der Abtreibung um eine ganz besondere Tötung, die von jeder anderen Art der Tötung absolut verschieden ist; sie kann mit nichts verglichen werden, weil sie nichts gleicht: sie führt kein anderes Recht mit sich, sie impliziert keine Art anderer allgemeiner Freiheiten.

Da die Abtreibung in Italien nicht gesetzlich erlaubt ist, sterben die Frauen durch Stricknadeln; und wenn man zwischen dem Tod einer Person, die Augen, ein Gesicht, eine Stimme hat, und dem Tod einer Form ohne Augen und ohne Stimme wählen muß, ist es unmöglich, nicht das zweite vorzuziehen. Abtreiben bedeutet nicht, eine Person auszulöschen, sondern den fernen, blassen Entwurf einer Person; es ist klar, daß es ein geringeres Übel ist, wenn diese fernen, blassen Entwürfe sterben, anstatt daß die Mutter stirbt, die sie in sich trägt; und es ist auch das geringere Übel, wenn diese fernen und blassen Entwürfe sterben, anstatt Kinder zu werden, denen ein Hungerschicksal bevorsteht. Andererseits ist auch wahr, daß jedes Schicksal ein Schicksal voll Schmerz sein kann; und fängt man einmal an, darüber nachzudenken, was einem das Schicksal bescheren kann, so fragt man sich, ob es nicht richtig und sinnvoll wäre, niemals das Leben zu geben und immer das Nichts zu wählen. Die Idee der Abtreibung führt also dazu, daß man sich fragt, welche Bedeutung das Leben hat; und sie führt mitten hinein in eine Menge derartig verzweifelter Fragen, daß einen Dunkelheit überfällt, wenn man sie sich stellt. Deshalb konzentriert sich heute in der Idee der Abtreibung unsere ganze Aufmerksamkeit; weil sich in dieser Idee die Grundzüge unserer Idee von Leben verbergen und diese uns vergänglich erscheinen: Uns scheint, als sei unsere Harmonie mit der Zukunft zerbrochen; und uns scheint, als könnten wir niemandem mehr eine Zukunft versprechen. Doch das Leben zu lieben und daran zu glauben, bedeutet, auch den Schmerz zu lieben; bedeutet, die Zeit zu lieben, in die wir hineingeboren wurden, und ihre Abgründe des Grauens. Es bedeutet, das Schicksal zu lieben in all seiner Dunkelheit und seiner furchtbaren Unvorhersehbarkeit. Es ist jedoch auch wahr, daß man auf einem solchen Gedanken vielleicht nichts aufbauen kann; denn es ist ja wahrhaftig kein konstruktiver Gedanke, sondern eine Art Feuer, das jeder in Einsamkeit und für sich entzündet.

Da Abtreiben in Wahrheit Töten ist, nicht Töten einer Person, sondern der Möglichkeit einer Person, handelt es sich, für die Mutter, um eine entsetzliche Entscheidung. Wahrhaftig scheint fast alles besser zu sein, als vor einer solchen Entscheidung zu stehen: Geburtenkontrolle, vielleicht sogar Keuschheit. Auch Homosexualität ist vorgeschlagen worden: Es ist eine paradoxe Idee, und sie kann nicht für alle gelten; doch abstoßend an dieser Idee ist weniger das Paradox als vielmehr die Tatsache, daß sie nach Bequemlichkeitslösung aussieht; und Bequemlichkeitslösungen erscheinen, wenn es um Leben und Tod geht, von unverantwortlicher, kraftloser Nichtigkeit. Keuschheit oder Geburtenkontrolle dagegen bedeuten ein Opfer; und wenn es um Leben und Tod geht, muß wohl als Preis ein Opfer gebracht werden.

Abtreiben ist Töten, aber es handelt sich doch um eine Tötung, die mit keiner anderen verglichen werden kann; es heißt, sich für immer von einer einzelnen, bestimmten, wirklichen lebenden Möglichkeit zu trennen. Da diese Entscheidung von jeder anderen verschieden ist, können uns unsere gewohnten Überlegungen moralischer Art nicht weiterhelfen; sie erweisen sich hier als nutzlos. Wir wissen genau, daß Töten böse ist; doch hier, angesichts einer lebenden, aber in Finsternis getauchten Möglichkeit, ist auch die Idee von Gut und Böse in Finsternis getaucht. Bei einer solchen Entscheidung kann uns das Licht der Vernunft, das Licht der Logik, das gewohnte Licht der moralischen Überlegungen nicht erhellen; es könnte uns nicht weiterhelfen, weil es keine logischen Antworten oder Klarheiten gibt, wenn alles in Finsternis getaucht ist; es ist eine Entscheidung, bei der sich Individuum und Schicksal gegenüberstehen, in Finsternis.

Eine derartige Entscheidung kann also immer nur individuell, privat und finster sein. Sie ist von allen menschlichen Entscheidungen die privateste, anarchistischste, einsamste. Es ist eine Entscheidung, die grundsätzlich der Mutter zukommt, und nur ihr; und zwar nicht, weil es in allen Lebensumständen ein Recht auf freie Entscheidung gäbe; auch nicht, weil zuträfe: »mein Bauch gehört mir, und ich mache damit, was ich will«. Ich denke, daß die Personen nie wie vor einer solchen Entscheidung spüren, daß ihnen nichts gehört, am allerwenigsten ihr eigener Körper: sie haben nur die furchtbare Macht, für eine Form ohne Stimme und ohne Augen das Leben oder das Nichts zu wählen. Diese Macht wiegt schwer wie Blei, es ist eine Freiheit, die Eisen und Ketten hinter sich herschleift: denn wer entscheidet, muß für zwei entscheiden, und der andere ist stumm. Es handelt sich darum, einen Teil von sich zu zerfleischen, einen Teil von sich umzubringen, sich für immer eine bestimmte, unbekannte lebende Möglichkeit aus dem Leib zu reißen; eine solche Entscheidung ist stumm und finster, stumm wie das Einverständnis, das sich unterschwellig mit jener verborgenen Form herstellt; und die Beziehung zwischen der Mutter und jener verborgenen, unbekannten lebenden Form ist in

Wahrheit die verschlossenste, schwärzeste, verstrickteste Beziehung, die es auf der Welt gibt, sie ist die unfreieste aller Beziehungen und geht niemanden etwas an.

Eine solche Entscheidung geht niemanden etwas an, am allerwenigsten das Gesetz. Es ist klar, daß das Gesetz kein Recht hat, sie zu verbieten oder zu bestrafen. Sie geht das Gesetz erst in dem Augenblick etwas an, oder sollte es etwas angehen, indem sie aufhört, eine geheime Entscheidung zu sein und sich als offene, klare Entschlossenheit abzutreiben äußert. Dann beginnt ein Zustand der Gefahr; und das Gesetz sollte nicht dazu da sein, um zu bestrafen, und ebensowenig, um zu verbieten, sondern um zu helfen. Das Gesetz ist gehalten, oder sollte gehalten sein, dafür zu sorgen, daß Personen nicht andere oder sich selbst zerstören. Aber es handelt sich um Personen und nicht etwa um Möglichkeiten; denn in dem Bereich der Möglichkeiten, die im Schoß der Mutter verborgen sind, sollten weder das Gesetz noch die Justiz noch die Gesellschaft die geringste Macht haben einzugreifen.

GRÜNDE ZUM STOLZ

Was mir an den Frauenbewegungen höchst verkehrt zu sein scheint, ist der Konkurrenzgeist gegenüber dem anderen Geschlecht und das Gefühl von Stolz. Die Worte »Frausein ist schön« haben keinerlei Sinn. In Wirklichkeit ist es weder schön noch häßlich, Frau zu sein, oder es ist beides, genauso wie ein Mann zu sein.

Es ist falsch, in der eigenen Geburt oder Herkunft oder der eigenen menschlichen Seinsform Gründe zum Stolzsein oder Gründe zur Bedrückung zu entdecken. Ist man Jude, ist es verkehrt, darüber bedrückt zu sein, verkehrt, sich dessen zu rühmen. Ist man homosexuell, ist es verkehrt, sich erniedrigt zu fühlen, verkehrt, darauf stolz zu sein. Die richtige Haltung ist, der eigenen menschlichen Seinsform gegenüber eine vollkommene Gleichgültigkeit zu empfinden. Eines der Dinge, die heute die Welt vergiften, ist die Rhetorik, die auf einfachen menschlichen Seinsformen aufbaut.

Man pflegt zu sagen, daß der ideologische Stolz, zum Beispiel in den Frauenbewegungen, durch Jahrunderte der Demütigung und Verfolgung hervorgebracht wird und daher entschuldbar und verständlich ist. Das bedeutet, daß man ihnen gegenüber Nachsicht walten lassen soll, wenn sie falsche Haltungen einnehmen oder Fehler machen. Doch Nachsicht soll man gegenüber den Fehlern von einzelnen Personen walten lassen, nicht gegenüber den Fehlern von Ideen. Von Ideen verlangt man, daß sie wahr und richtig sind, sofort und uneingeschränkt.

Ich glaube nicht, daß die Menschen als solche irgendeinen gerechtfertigten Grund zum Stolz haben. Ich glaube nicht, daß es ein gerechtfertigter Grund zum

Stolz ist, Frau zu sein oder Mann zu sein oder homosexuell zu sein. Ich glaube nicht, daß es ein Grund zum Stolz ist, Mutter zu sein oder Vater zu sein oder es nicht zu sein. Noch weniger glaube ich, daß eine dieser menschlichen Seinsformen ein Grund zur Demütigung ist. Ebenso glaube ich weder, daß es ein Grund zum Stolz ist, zu den jungen Leuten zu gehören, noch glaube ich, daß es demütigend ist, zu den Alten zu gehören. Derartige menschliche Seinsformen sind, als solche, offensichtlich weder ein Verdienst noch eine Schuld. Sie als Verdienst oder als Schuld anzusehen, ist eine Haltung absoluter Torheit und Unwirklichkeit. All dies scheint auf der Hand zu liegen, doch ist es geschehen, daß sich in der gegenwärtigen Welt die Straßen mit Strömen von Stolz und Demütigung gefüllt haben und daß diese Ströme sexueller, rassischer oder generationaler Natur sind.

Verdienst und Schuld sind etwas streng Individuelles, untrennbar vom Bewußtsein jedes Einzelnen. Jeder von uns kennt seine Schuld und seine Verdienste und rühmt sich innerlich oder ist beschämt. Was den Stolz angeht, so ist er bei einem Menschen legitim, wegen einer einzelnen Tat, die eben dieser Mensch vollbracht hat. Er ist jedoch nur legitim und erträglich, wenn er nicht länger als eine Sekunde dauert. Wenn wir spüren, daß er länger anhält, spüren wir seine Torheit und Unwirklichkeit. Wenn er eine Geisteshaltung wird, ist er nicht mehr tragbar. Die anderen ertragen ihn nicht an uns, und wir ertragen ihn selbst nicht an uns, wenn wir mit dem richtigen Blick in uns hineinsehen. Der Stolz bekleidet das Selbstbild, das wir in uns tragen, mit Uniformen und Zeichen, die es von den Gemeinschaften trennen. Was die Bedrückung angeht, so ist auch diese nur legitim, wenn sie vorübergehend und momentan ist. Wenn sie aber eine Geisteshaltung wird, so bekleidet auch sie unser Selbstbild mit einer Uniform, hüllt es in graue Kittel und bringt es dazu, mit gesenktem Kopf davonzuschleichen. Es handelt sich um eine Geisteshaltung, die vielleicht weniger unerträglich ist als Stolz, weil sie wehrloser und sanfter ist und weil die schlampigen Kittel viel besser sind als die Kapitänsabzeichen. Es ist jedoch eine Geisteshaltung, die nicht weniger falsch und verdorben ist als der Stolz, wenn sie unser gesamtes Dasein umfaßt und bedrückt, in der Vergangenheit, der Gegenwart und der Zukunft. Auch das Grau der Bedrückung ist eine Art und Weise, an unser Bild als von den Gemeinschaften losgelöst zu denken. Nun können wir uns, innerhalb der Gemeinschaften, zwar allein und anders fühlen, doch der Wunsch, unseren Mitmenschen zu gleichen und der Wunsch, das gemeinsame Schicksal so weit wie möglich zu teilen, ist etwas, das wir im Lauf unseres Daseins bewahren müssen, wenn dieser Wunsch erlischt, ist es schlecht. Aus Verschiedenheit und Einsamkeit und dem Wunsch, so zu sein wie alle, besteht unser Unglück, und dennoch fühlen wir, daß dieses Unglück die beste Substanz unserer Person bildet und etwas ist, das wir nie verlieren sollten.

Gründe, um innerhalb der Gemeinschaften zu entdecken, daß wir anders sind, haben wir mehr als genug, und jeder findet prompt seine eigenen oder hat sie schon seit fernster Kindheit gefunden und gehegt und gepflegt. Alle oder fast alle sind wir Frauen oder Juden oder homosexuell oder einfach anders aus Neigung zum Anderssein, aus Schwermut, aus Schüchternheit, wegen unserer Neurosen, wegen unseres Schweigens. Wir sind alle »anders«. Das Wesentliche ist, das eigene Anderssein auf richtige Weise zu tragen, das Wesentliche ist, weder einen Wahlspruch noch eine Uniform daraus zu machen, sondern es still mit den unendlich vielen Formen von Anderssein der anderen zu mischen, mit denen, die wir für die Gemeinschaften der nicht Andersseienden und Normalen halten.

Dennoch sind Stolz und Bedrücktheit unsere gewohnten Seelenzustände, und wir pflegen vom einen zum anderen überzugehen wie von der Nacht zum Morgen. Solange es unsere individuellen Gefühle sind und solange sie wandelbar und vorübergehend sind, sind sie nicht minderwertig. Sie werden jedoch schlimm und minderwertig, wenn sie zur Grundlage einer Idee werden. Ideen sollten von höheren und edlen Gefühlen bewegt und getragen werden, von Gefühlen, die dazu gemacht sind, auf eine universelle Ebene gehoben zu werden. Dazu gehören ziviles Engagement, menschliche Solidarität, Gerechtigkeitsgefühl, Mut. Das Wort »Werte« ist ein Wort, das wir heute mit Mißtrauen verwenden und lesen, weil es zu oft und schlecht gebraucht worden ist, verblaßt ist und nichts mehr zu bedeuten scheint. Dennoch ist es vielleicht genau dieses Wort, das nottut, um zu verdeutlichen, was auf eine universelle Ebene gehoben werden kann. Stolz ist kein Wert und hat keine universellen Eigenschaften.

Den ideologischen Stolz hassen wir und uns graut vor ihm, wenn er die Form von Vaterlandsstolz annimmt. Dann erkennen wir ihn in all seiner Schändlichkeit. Er ist grauenhaft, weil unwirklich. Er ist auch und vor allem grauenhaft, weil er eine Quelle des Hasses ist, weil er um sich herum nach Waffen sucht, um seine Feinde zu töten, die, die er sich als Feinde ausdenkt, und ein Land von den anderen Ländern trennt, es trennt, indem er es mit ideologischen Eitelkeiten und Unwirklichkeiten überhäuft. Der Stolz auf das eigene Geschlecht in den Frauenbewegungen ist aber dem Stolz auf das Vaterland sehr ähnlich, denn er nimmt die gleichen Züge an, nimmt dessen aggressive und sektiererische Seiten an, die groteske und unwirkliche Kampfeslust.

Frau sein, Jude sein, homosexuell sein oder werden ist genauso wie in einem Land geboren sein oder in einem anderen. Der erwachsene Mensch ist gehalten, aus der Herkunft, die der Zufall ihm zugewiesen hat, den größtmöglichen Nutzen zu ziehen und die größtmögliche Menge an Wissen über sein eigenes Land. Doch auf die Demütigungen und Unterdrückungen und Verfolgungen, die die Gesellschaft den Frauen oder den Homosexuellen oder den Juden angetan hat, sind Frauen, Homosexuelle und Juden gehalten zu antworten, als beleidigten Demütigungen und Unterdrückungen und Verfolgungen nicht nur sie, sondern die ganze Menschheit. Sie sind gehalten, nicht mit der erbärmlichen Kampfbereitschaft des verletzten Stolzes zu antworten, sondern mit der Gleichgültigkeit gegenüber ihren eigenen persönlichen und territorialen Angelegenheiten, die die wahre und erwachsene Freiheit auszeichnet.

Es ist heute Brauch geworden, Gruppen von Menschen als Heere zu sammeln, die sich vornehmen, die politischen Parteien nachzuahmen, oder sogar erklären, daß sie bestimmten Leitsätzen oder Fahnen folgen. Doch die politischen Parteien gehen aus politischen, ideologischen, moralischen Entscheidungen hervor. Die besten unter den politischen Parteien sind auf wahre Ideen gegründet, auf einen echten und wirklichen und möglichen Entwurf der Welt, und ihre Ideen sind, da sie von universellen Werten ausgehen, in ihrem besten Gehalt frei von jeder Art von Stolz, also klar und trocken. Die Trennungen, die aus politischen Gründen zwischen den Leuten entstehen, haben einen Sinn. Die Trennungen, die zwischen den Leuten entstehen, wenn sie keinen klaren Entwurf der Welt verfolgen, haben keinerlei Sinn. Die Trennungen, die sich zwischen Gruppen von Menschen abzeichnen, die Zusammenschlüsse von Frauen oder Homosexuellen oder Juden haben keinerlei Sinn, weil sie keiner politischen Entscheidung gehorchen, sondern sich auf ein fernes Ursprungsfaktum gründen, das mit der Geburtsstunde zusammenhängt oder womöglich, wie vielleicht im Fall der Homosexuellen, mit einer fernen Entscheidung in der Kindheit.

Die menschlichen Seinsformen mit den politischen Parteien gleichzusetzen ist daher unwirklich. Es besteht, zwischen den menschlichen Seinsformen und den politischen Parteien, keinerlei Gemeinsamkeit. Eine menschliche Seinsform ist nicht Frucht einer Entscheidung, sondern hängt vom Schicksal und vom Zufall ab. Die Frauenbewegungen werden nie eine politische Partei sein, denn es ist zwar durchaus möglich, sich eine von den Kräften einer bestimmten und neuen gesellschaftlichen Klasse beherrschte Welt vorzustellen, doch sich eine ausschließlich aus Frauen bestehende und von ihnen beherrschte Welt vorzustellen, ist unmöglich, unwirklich und tödlich.

SEXUALITÄT IST STUMM

Wenn die Kirche von Sexualität spricht, finde ich, daß sie Unrecht hat. Wenn andere davon sprechen, um das Gegenteil dessen zu sagen, was die Kirche gesagt hat, finde ich, daß sie Unrecht haben. Mir scheint, daß man, in Bezug auf Sexualität, keine Meinung haben kann, ohne zu irren. Sexualität verlangt einfach nicht nach Meinungen. Sie weist jede Idee abstrakter oder allgemeiner Natur von sich. Ideen kann man nicht auf allem aufbauen. Auf Sexualität, so scheint mir, kann man keine Ideen aufbauen.

Deshalb soll dieser Text von mir nicht eine Reihe von Ideen oder von Meinungen darstellen, sondern eine Reihe ungeordneter Anmerkungen, die vielleicht oft zueinander im Widerspruch stehen.

Eins der verderblichsten Dinge, die heute geschehen sind, ist die ungeheure Inflation von Worten, die das Gebiet der Sexualität überschwemmt haben, und die ungeheure Inflation von Interesse rund um dieses Thema. Sexualität ist jedoch nicht eigentlich ein Thema, und wenn man davon sprechen hört, hat man sofort das Gefühl, sie sei etwas anderes als das, wovon die Rede ist. Das Gerede über Sexualität erzeugt ein unermeßliches Durcheinander und ein tiefes Gefühl von Müdigkeit und auch von Langeweile, und am liebsten möchte man nie mehr im Leben etwas von sexuellen Problemen hören. Ob nur ich diese Langeweile empfinde, weil ich alt bin, weiß ich nicht, doch glaube ich, daß eine ähnliche Langeweile weit verbreitet ist und von den unterschiedlichsten Personen geteilt wird. Um uns daran zu erinnern, was Sexualität wirklich ist, sind wir gezwungen, den Boden von all jener Flora und Fauna von Wörtern zu befreien.

Einige Worte hinsichtlich der Sexualität, die mir wahr erschienen sind, hat Cesare Garboli in einem Vorwort zu einem Band mit Zeichnungen von Giovanni Testori geschrieben. Sexualität ist taub, blind und stumm. Obgleich taub, blind und stumm, verlangt sie danach, mit anderen zu kommunizieren.

Da Sexualität blind, taub und stumm ist, da sie in Dunkelheit und Schweigen getaucht ist, einzig und allein dem Individuum gehört wie kaum sonst etwas auf der Welt, einzig und allein dem Individuum gehört, aber nach einem Nächsten dürstet und unglücklich ist, wenn sie ihm nie begegnet, ist es unsinnig, sie zum Gegenstand öffentlicher Debatten zu machen oder Argumentationen und Deduktionen politischer Natur daraus abzuleiten oder Wörter darauf zu verwenden zu entscheiden, ob sie gut und würdig oder schmutzig und unwürdig sei, da sie an sich weder das eine noch das andere ist, in Schweigen ruht und nach Intimität oder Dunkelheit verlangt. In den öffentlichen Debatten werden Scheinwerfer auf diese Dunkelheit gerichtet und Stimmen krächzen. Es ist wahr, daß die Sexualität sich den Scheinwerfern und den Stimmen entzieht und ihre stolze, stumme und geheime Eigenart bewahrt, aber all das verbreitet überall Dummheit.

Alle Behauptungen, die im Bereich der Sexualität eine allgemeine Verhaltensregel aufstellen wollen, sind falsch. Falsch ist, zu behaupten, Sexualität habe jedes Recht und jedes Privileg, ebenso falsch, zu behaupten, sie habe kein Recht oder Privileg und ihre Freiheit müsse erstickt werden. Unmöglich, abstrakt ein ehernes moralisches Gesetz zu formulieren, das für alle und ein für allemal definiert, wie das menschliche Verhalten in Bezug auf Sexualität auszusehen hat. Aber die Worte »Du sollst deinen Nächsten lieben wie dich selbst« gelten hier wie überall sonst und sagen aus, daß man gehalten ist, beim Geschlechtsakt an den anderen zu denken. Nicht lügen, nicht betrügen, nicht demütigen, nicht unterwerfen: das sind die Vorsätze, die eine Person bei sexuellen Beziehungen wie bei jeder Handlung in ihrem Leben im Herzen haben soll. Beim Geschlechtsakt sind wir gewöhnlich zu zweit. Daher vergißt man, wenn man die sexuelle Freiheit beschwört vielleicht, daß sexuelle Freiheit nicht vollkommen und absolut sein kann, wenn wir uns vorgenommen haben, keiner Menschenseele weh zu tun. Sie ist von den anderen abhängig wie jede andere Freiheit auch.

Es gibt, im Bereich der Sexualität, die Ereignisse und die Spiele. Die Bedeutung, die sexuelle Spiele haben, ist im allgemeinen sehr gering, da sexuelle Spiele jedem anderen Spiel gleichen. Wenn bei sexuellem Tun mehr als zwei oder nur einer allein beteiligt sind, handelt es sich um Spiele. Spiel ist Kindheit. Es hat von Mal zu Mal etwas mit Zeitvertreib zu tun oder mit Einsamkeit oder mit Laune und Phantasie oder mit Angst, aber es ist kein Ereignis, da weder Glück noch Schmerz dabei ist. Glück und Schmerz tauchen in der Sexualität einzig dann auf, wenn zwei Personen zusammen sind, eine vor der anderen. Ebenso tauchen auch Gut und Böse auf in der Sexualität, wenn zwei Personen zusammen sind, eine vor der anderen, die sich gegenseitig Gutes oder Böses zufügen können. Alles übrige ist Spiel, und es lohnt sich vielleicht gar nicht, darüber zu sprechen.

Oftmals ist Sexualität auch zwischen zwei Personen Spiel. Oftmals empfinden die beiden nichts füreinander, und was sie wollen, ist Zeitvertreib. Dann gibt es kein »sexuelles Ereignis«, sondern erneut einfach nur Spiel, und die Vereinigung der beiden ist dann einer Partie Tennis oder Schach ähnlich. Abstrakt die sexuelle Freiheit zu fordern, bedeutet, die Freiheit zu fordern, Tennis oder Schach zu spielen, wann wir möchten. Soll man die fordern? Ja, vielleicht, doch lohnt es sich nicht, dafür die Welt in Aufruhr zu versetzen. Man wünscht sich die Freiheit, Tennis zu spielen, wie man sich jede andere Freiheit wünscht.

Allerdings scheinen mir diese letzten Worte, kaum habe ich sie geschrieben, schon nicht mehr ganz wahr zu sein. Zwischen den sexuellen Spielen und den Schach- und Tennispartien besteht ein fundamentaler Unterschied. Beim Tennis ist einzig der Körper involviert, beim Schach spielen Schlauheit und Intelligenz eine Rolle. Aber bei sexuellen Spielen ist immer auch die Seele mit betroffen. Und unsere Seele wollen wir schützen, wir wollen nicht, daß sie abgenützt, ausgelöscht, getötet, verdorben wird. Die Bindungen zwischen Sexualität und Seele sind unerklärlich, aber eng, unauflöslich und tief. Die Katholiken sagen: »Unser Körper ist der Tempel des heiligen Geistes.« Diese Worte haben auch für Nicht-Katholiken einen Sinn. Die Nicht-Katholiken werden den gleichen Gedanken vielleicht anders ausdrücken. Sie werden vielleicht sagen: »Ich schulde mir selbst Achtung, ich will meine Tage nicht vertun, mich nicht in kalten sexuellen Spielen abnutzen und zerstören«. Ich weiß nicht, wie sie sagen werden. Jedenfalls klingen die Worte »Tempel des heiligen Geistes« auch in den Ohren der Nicht-Katholiken seltsam wahr.

Meiner Ansicht nach ist an dem, was die Kirche zur Sexualität sagt, zweifellos eines wahr, nämlich daß sexuelle Beziehungen einen Sinn haben, wenn zwei Menschen sich lieben. Es handelt sich um eine Wahrheit, die so alt ist wie die Welt, heute aber entweder außeracht gelassen oder verlacht wird. Was die Kirche jedoch nicht sagt, und was mir wesentlich erscheint, ist, daß sexuelle Beziehungen auch dann einen Sinn haben, wenn nur in einer der beiden Personen, die sie leben, Liebe ist. Wieso genügt es, daß die Liebe in einem der beiden Menschen vorhanden ist, um aus dem Geschlechtsakt ein Ereignis und nicht nur ein kleines Kinderspiel zu machen? Wieso genügt es, daß einer der beiden im Geschlechtsakt Seligkeit oder Leid oder beides erfährt und den anderen in den Mittelpunkt des Universums stellt, damit aus dem Geschlechtsakt ein dramatisches Ereignis wird, auch wenn der andere mit Gleichgültigkeit oder Spiel antwortet? In wessen Augen wird er denn ein dramatisches Ereignis? In den Augen Gottes, für die, die an Gott glauben, und für die, die nicht an Gott glauben, wird er zum dramatischen Ereignis, weil er eine Art seltsamen Glanzes um sich verbreitet.

Von den sexuellen Spielen zu reden, lohnte sich vielleicht gar nicht, wenn die Welt jetzt nicht voll davon wäre. Sie haben die Welt erfüllt, weil die Leute sich heutzutage in einem kindlichen Zustand verkriechen möchten. Vor den sexuellen Ereignissen haben die Leute Angst, weil sie dramatisch und folgenschwer sind, triefend von Glück oder Unglück. Die Leute haben Angst davor wie vor Drachen. Also haben sie aus diesem Drachen, der die Sexualität ist, oder aus diesem Adler oder Falken eine gluckende Henne gemacht, die sie in ihren Höfen halten und mit den Flügeln schlagen lassen. Deshalb wirkt es, wenn sie Debatten über Sexualität veranstalten, als redeten sie über Hennen, ob sie auch genug Eier legen werden oder nicht, ob sie ihre Portion vom Orgasmus abbekommen werden, sie reden darüber, so laut sie nur können, um keine Angst zu haben. Sie sehen sich pornographische Filme an, so wie man Hühnerfarmen anschaut. Pornographie sei eine Art von Konformismus und daher rühre ihre Trübsinnigkeit, hat Goffredo Parise in einem Artikel über Pornographie geschrieben. Das stimmt, aber ihre Trübsinnigkeit kommt nicht nur daher. Ihre Trübsinnigkeit hängt damit zusammen, daß Hühnerfarmen trübsinnig sind. Wenn es geschieht, daß ein Film pornographischen Inhalts ein Kunstwerk ist, verfliegt die erstickende Luft des Hühnerstalles sofort, und die Drachen brechen herein. Die Hühnerställe und jedes bewegungslose Kinderspiel verschwinden. Die Kunst ist erwachsen und reißt Gut und Böse, Schmerz, Glück und Wirklichkeit mit sich fort.

Eines an dem, was die Kirche über Sexualität sagt, erscheint mir wahrhaftig falsch, und zwar daß sie vorgibt, der Geschlechtsakt sei einzig zum Zwecke der Fortpflanzung erlaubt. Was das angeht, so hat man den Eindruck, die Kirche glaubte selber nicht daran, wenn sie es sagt, und spreche immer zögernd und in unsicherem Ton davon. Doch zu behaupten, der Zweck des Geschlechtsakts sei die Lust, ist auch falsch, oder besser gesagt, es bezieht sich vielleicht auf das sexuelle Spiel, aber nicht auf das sexuelle Ereignis, das etwas anderes ist. Meiner Ansicht nach hat das sexuelle Ereignis keinen klar erkennbaren Zweck, jedenfalls keinen Zweck, den man mit Worten genau festlegen könnte. Wäre sein Zweck die Fortpflanzung, wie die Kirche behauptet, dann versteht man nicht, welchen Sinn ein sexuelles Ereignis zwischen Homosexuellen hätte. Es ist wahr, daß nach Meinung der Kirche ein sexuelles Ereignis zwischen Homosexuellen sowieso eine Sünde und daher nicht der Rede wert ist. Und dennoch scheint es mir, als habe auch die Kirche dunkel begriffen, daß die Liebe ein sexuelles Ereignis zwischen Homosexuellen dramatisch machen kann und in diesem Licht in seiner Bedeutung und in seinem Wert jedem sexuellen Ereignis gleich ist und anders als die kalten kleinen Spiele, bei denen man seine Seele demütigt.

Das sexuelle Ereignis hat also keinerlei Zweck und will auch keinen haben. Doch die höchsten Dinge unseres Daseins, wie die Kunst oder die Dichtung oder die Musik, haben keinen sichtbaren und faßbaren Zweck, und wenn sie einen solchen haben wollen, erscheinen sie sofort armselig und erniedrigt. Genauso ist es mit dem sexuellen Ereignis, das sofort armselig und erniedrigt wirkt, wenn ihm ein Zweck aufgezwungen wird. Das sexuelle Ereignis ist, wie alle höchsten und strahlenden Dinge unseres Daseins, seinem wirklichen Wesen nach und in seinen kostbarsten und glücklichsten Augenblicken absolut nutzlos.

Es heißt, Sexualität habe eine befreiende Funktion, sei eine Waffe, die zum Brechen von Tabus und zur Überwindung jeder Art von gesellschaftlicher Unterdrückung geeignet sei. Doch gesellschaftliche Unterdrückung überwindet man nicht mit Hühnern. Wenn öffentlich von Sexualität die Rede ist, erkennen wir in den Hühnern, von denen gesprochen wird, nicht die Drachen, Tiger oder Adler, um die wir wissen, auch wenn wir sie nicht mit Worten beschreiben könnten, die dunklen, privaten und wandelbaren Gesetze und die wilde Entschlossenheit und die seltsamen und verborgenen Zusammenhänge mit unserer Seele und dem Geheimnis.

ÜBER DIE FRAUEN

Vor einigen Tagen fiel mir ein Artikel in die Hände, den ich gleich nach der Befreiung Roms 1944 geschrieben hatte, und ich war etwas unangenehm berührt. Der Artikel war ziemlich dumm: erstens war er wie geschniegelt, wohlbedachte, gutgefügte schöne Sätze; jetzt will ich nicht mehr so schreiben. Und dann sagte ich voll Wärme und Überzeugung selbstverständliche Dinge. Übrigens passierte es gleich nach der Befreiung fast allen, daß sie sich sehr erhitzten, um selbstverständliche Dinge zu sagen: in gewissem Sinne war das auch richtig, weil man nach zwanzig Jahren Faschismus das Gefühl für die elementarsten Werte verloren hatte und von vorn beginnen mußte, wieder beginnen mußte, die Dinge bei ihrem Namen zu nennen und zu schreiben, um überhaupt zu schreiben, um zu sehen, ob wir noch lebendige Menschen waren.

Jener Artikel handelte von den Frauen im allgemeinen, und es standen Dinge darin, die man weiß: daß die Frauen schließlich nicht so viel schlechter sind als die Männer, und daß sie auch etwas Gutes tun können, wenn sie sich anstrengen, wenn die Gesellschaft ihnen hilft und so weiter. Doch er war dumm, weil ich mich nicht darum kümmerte, die Frauen so zu sehen, wie sie wirklich waren: die Frauen, von denen ich damals sprach, waren erfundene Frauen, glichen in nichts mir oder den Frauen, denen ich in meinem Leben begegnet war; so, wie ich von ihnen sprach, schien es ganz leicht zu sein, sie aus der Sklaverei herauszuholen und freie Wesen aus ihnen zu machen. Ich hatte dabei jedoch unterlassen, etwas sehr Wichtiges zu sagen: daß die Frauen die schlechte Angewohnheit haben, ab und zu in einen tiefen Brunnen zu fallen, sich von einer unheimlichen Schwermut erfassen zu lassen und darin unterzugehen und zu zappeln, um wieder aufzutauchen: das ist das wirkliche Problem der Frauen. Sie schämen sich oft dafür, und tun so, als hätten sie keine Probleme und wären energisch und frei, und gehen festen Schrittes durch die Straßen mit großen Hüten und schönen Kleidern und angemalten Lippen und zielbewußter, verächtlicher Miene; aber es ist mir noch nie passiert, eine Frau zu treffen, ohne nach einer Weile etwas Leidendes und Erbarmungsvolles an ihr zu entdecken, was bei Männern nicht da ist, eine ständige Gefahr, in einen großen dunklen Brunnen zu fallen, etwas, das eben vom weiblichen Temperament herkommt und vielleicht von einer jahrhundertealten Tradition der Unterworfenheit und Sklaverei und das nicht so leicht zu überwinden sein wird. Es ist mir passiert, gerade bei den energischsten und hochmütigsten Frauen etwas zu entdecken, was mich dazu bewegte, sie zu bedauern, und was ich sehr gut verstand, weil ich auch selbst seit vielen Jahren am gleichen Leiden kranke und erst vor kurzem verstanden habe, daß es der Tatsache entspringt, daß ich eine Frau bin, und daß es schwierig für mich sein wird, mich je davon zu befreien. Zwei Frauen verstehen sich ja sofort ausgezeichnet, wenn sie anfangen, über den dunklen Brunnen zu reden, in den sie fallen, und sie können viele Eindrücke austauschen über die Brunnen und über die absolute Unfähigkeit, mit den anderen zu kommunizieren und etwas Ernsthaftes zustandezubringen, die man dann empfindet, und über das Zappeln, um wieder aufzutauchen.

Ich habe sehr viele Frauen kennengelernt. Ich habe Frauen mit Kindern kennengelernt und Frauen ohne Kinder, die Frauen mit Kindern gefallen mir besser, weil ich sofort weiß, wovon ich reden soll: wie lange hast du es gestillt und was hast du ihm dann gegeben und was gibst du ihm jetzt. Über dieses Thema können zwei Frauen endlos miteinander sprechen. Ich habe Frauen gekannt, die den Zug nehmen und verreisen und ihre Kinder eine Zeit lang zurücklassen konnten, ohne eine schreckliche Angst zu empfinden und das Gefühl zu haben, etwas Widernatürliches zu tun, die ruhig viele Tage lang fern von ihren Kindern leben konnten und nicht die tief innere unvernünftige Furcht empfanden, es sei ihnen etwas zugestoßen, die mich jedesmal überfällt; und es ist ja nicht so, daß diese Frauen ihre Kinder nicht mochten, sie mochten sie genauso gern wie ich meine, aber sie waren einfach mehr auf Draht. Ich habe ruhige Frauen kennengelernt, aber wenige; die meisten sind genau wie ich, und es gelingt ihnen nicht, jene tief innere quälende Furcht und jenes Gefühl, etwas Widernatürliches zu tun, zu überwinden, das sie jedesmal überkommt, wenn sie sich viele, viele Kilometer entfernt von ihren Kindern in einer fremden Stadt ins Bett legen. Ich habe versucht, in dieser Sache so gut auf Draht zu sein, wie ich nur konnte, ich habe versucht, mich zu beherrschen, so gut es nur ging, und jedesmal, wenn ich ohne die Kinder in einen Zug eingestiegen bin, habe ich mir gesagt: »Dieses Mal werde ich keine Angst haben«, aber die Angst ist immer in mir aufgekommen und was ich noch nicht verstanden habe, ist, ob sie vergehen wird, wenn meine Kinder erwachsen sein werden, ich hoffe allerdings, daß sie vergeht. Und ich kann nicht ruhig daran denken, durch die Länder zu reisen, wie ich möchte, ehrlich gesagt, denke ich immerzu daran, aber ich weiß genau, daß es mir nicht möglich ist. So gibt es Frauen, die wie Känguruhs sind, und Frauen, die nicht wie Känguruhs sind, aber die Känguruh-Frauen sind viel mehr.

Ich habe also sehr viele Frauen kennengelernt, ruhige Frauen und weniger ruhige Frauen, aber in den Brunnen fallen auch die ruhigen Frauen: alle Frauen fallen ab und zu in den Brunnen. Ich habe Frauen kennengelernt, die sich sehr häßlich finden, und Frauen, die sich sehr schön finden, Frauen, denen es gelingt, durch die Länder zu reisen, und Frauen, denen es nicht gelingt, Frauen, die ab und zu Kopfweh haben, und Frauen, die nie Kopfweh haben, Frauen, die sich den Hals waschen, und Frauen, die ihn sich nicht waschen, Frauen, die viele schöne weiße Leinentaschentüchlein haben, und Frauen, die nie Taschentücher haben oder sie verlieren, wenn sie welche haben, Frauen, die einen Hut tragen, und Frauen, die keinen tragen, Frauen, die Angst haben, zu dick zu sein, und Frauen, die Angst haben, zu dünn zu sein, Frauen, die den ganzen Tag mit der Hacke auf dem Feld arbeiten, und Frauen, die Holz übers Knie brechen und Feuer anzünden und Polenta kochen und das Kind wiegen und stillen, und Frauen, die sich zu Tode langweilen und Kurse über Religionsgeschichte besuchen, und Frauen, die sich zu Tode langweilen und den Hund spazierenführen, und Frauen, die sich zu Tode langweilen und quälen, wen sie gerade zur Hand haben, den Ehemann oder den Sohn oder das Dienstmädchen, und Frauen, die morgens mit blaugefrorenen Händen und einem kleinen Schal um den Hals aus dem Haus gehen, und Frauen die morgens aus dem Haus gehen und mit dem Hintern wackeln und sich in den Schaufenstern spiegeln, und Frauen, die ihre Stelle verloren haben und sich in den Anlagen vor dem Bahnhof auf eine Bank setzen, um ein Brötchen zu essen, und Frauen, die von einem Mann verlassen worden sind und sich in den Anlagen vor dem Bahnhof auf eine Bank setzen und sich ein wenig das Gesicht pudern. Ich habe sehr viele Frauen kennengelernt, und jetzt bin ich sicher, nach einer Weile etwas an ihnen zu finden, was des Erbarmens wert ist, ein mehr oder weniger geheimgehaltenes, mehr oder weniger großes Problem: die Tendenz, in den Brunnen zu fallen und darin eine Möglichkeit zu grenzenlosem Leiden zu finden, die die Männer nicht kennen, weil sie vielleicht von kräftigerer Gesundheit sind oder besser darin, sich selbst zu vergessen und sich mit der Arbeit, die sie machen, zu identifizieren, weil sie selbstsicherer über ihren Körper und über ihr Leben bestimmen und freier sind. Die Frauen beginnen in der Adoleszenz zu leiden und heimlich in ihrem Zimmer zu weinen, sie weinen wegen ihrer Nase oder ihrem Mund oder irgend einem Teil ihres Körpers, von dem sie finden, er sei unvollkommen, oder sie weinen, weil sie denken, niemand werde sie je lieben, oder sie weinen, weil sie Angst haben, dumm zu sein, oder weil sie Angst haben, sich in den Ferien zu langweilen, oder weil sie wenige Kleider haben: das sind die Gründe, die sie vor sich selbst anführen, aber letztendlich sind es nur Ausreden, und in Wahrheit weinen sie, weil sie in den Brunnen gefallen sind und verstanden haben, daß sie in ihrem Leben noch oft hineinfallen werden, was es ihnen schwermachen wird, etwas Ernsthaftes zustande zu bringen. Die Frauen denken viel an sich selbst, und zwar auf eine schmerzliche und fieberhafte Weise, die einem Mann unbekannt ist. Es ist sehr schwierig für sie, sich mit der Arbeit zu identifizieren, die sie tun, es ist sehr schwierig für sie, aus jenen dunklen und schmerzlichen Gewässern ihrer Schwermut aufzutauchen und sich selbst zu vergessen.

Die Frauen bekommen Kinder, und wenn sie das erste Kind haben, beginnt eine neue Art von Traurigkeit in ihnen, die aus Mühe und Furcht besteht und auch in den gesündesten und ruhigsten Frauen immer vorhanden ist. Es ist die Furcht, das Kind könnte krank werden, oder es ist die Furcht, nicht genug Geld zu haben, um alles zu kaufen, was das Kind braucht, oder es ist die Furcht, zu fette oder zu flüssige Milch zu haben, es ist das Gefühl, nun nicht mehr so einfach durch die Länder reisen zu können, wenn man das vorher tat, oder es ist das Gefühl, sich nicht mehr mit Politik beschäftigen zu können, oder es ist das Gefühl, nicht mehr schreiben oder nicht mehr malen zu können wie vorher oder keine Bergbesteigungen mehr machen zu können wie vorher wegen des Kindes, es ist das Gefühl, nicht über sein eigenes Leben verfügen zu können, es ist die Sorge, sich vor Krankheit und Tod schützen zu müssen, weil die Gesundheit und das Leben einer Frau für ihr Kind notwendig sind.

Und es gibt Frauen, die keine Kinder haben, und das ist ein großes Unglück, es ist das größte Unglück, das einer Frau zustoßen kann, weil an einem gewissen Punkt alles öde und langweilig wird und man alle Dinge satt hat, die man vorher mit Begeisterung machte, Schreiben und Malen und Politik und Sport, und einem alles unter den Händen zu Asche wird, und eine Frau sich bewußt oder unbewußt dafür schämt, daß sie keine

Kinder bekommen hat; sie beginnt, durch die Länder zu reisen, aber auch das Reisen ist oft schwierig für eine Frau, weil ihr kalt ist oder weil sie die Schuhe drücken oder weil ihre Strümpfe Laufmaschen bekommen oder weil die Leute sich wundern, wenn sie eine Frau sehen, die allein herumreist und ihre Nase hier hinein und dort hinein steckt. Und all das kann man ja noch verkraften, aber dann kommt die Melancholie und die Asche in den Händen und der Neid, wenn man die erleuchteten Fenster der Häuser in den fremden Städten sieht. Eine ziemlich lange Zeit gelingt es ihnen vielleicht sogar, die Schwermut zu überwinden, und sie gehen mit festem Schritt in der Sonne spazieren und machen Liebe mit den Männern und verdienen Geld und fühlen sich stark und gescheit und schön, weder zu dick, noch zu dünn, und kaufen sich ausgefallene Hüte mit Samtschleifen und lesen Bücher und schreiben darüber, aber dann fallen sie an einem gewissen Punkt wieder in den Brunnen, voll Angst und Scham und Abscheu vor sich selbst, und können keine Bücher mehr schreiben und auch nichts mehr lesen, können sich für nichts mehr interessieren außer für ihr persönliches Problem, das sie sich oft gar nicht recht erklären können und dem sie viele verschiedene Namen geben, häßliche Nase, häßlicher Mund, häßliche Beine, Langeweile, Asche, Kinder, keine Kinder. Und dann beginnen die Frauen zu altern und suchen nach den weißen Haaren, um sie auszureißen, und betrachten ihre Fältchen unter den Augen; und dann müssen sie allmählich große Korsetts mit zwei Stäben auf dem Bauch und zwei auf dem Po tragen und fühlen sich eingezwängt und zum Ersticken darin, und jeden Morgen und jeden Abend beobachten sie, wie sich ihr Gesicht und ihr Körper nach und nach in etwas Neues und Peinliches verwandelt, was bald zu nichts mehr zu gebrauchen sein wird, weder zum Liebemachen, noch zum Reisen, noch zum Sport; sie werden ihn vielmehr selbst mit heißem Wasser und Massagen und Cremes pflegen oder im Regen und in der Sonne verwüsten und verwelken lassen und die Zeit vergessen müssen, als er noch jung und schön war.

Die Frauen sind ein vom Unheil verfolgtes, unglückliches Geschlecht mit vielen Jahrhunderten der Sklaverei auf den Schultern, und was sie tun müssen, ist, sich mit Klauen und Zähnen vor ihrer ungesunden Gewohnheit zu verteidigen, ab und zu in den Brunnen zu fallen, weil ein freies Wesen fast nie in den Brunnen fällt und nicht so ununterbrochen an sich selbst denkt, sondern sich mit all den wichtigen und ernsthaften Dingen beschäftigt, die es auf der Welt gibt, und sich nur mit sich selbst beschäftigt, um sich zu bemühen, jeden Tag freier zu sein. Es auch so zu machen, muß ich selbst als erste lernen, weil ich sonst gewiß nichts Ernsthaftes zustande bringen werde und die Welt nie gut vorangehen wird, solange sie von so vielen unfreien Wesen bevölkert ist.

NATALIA GINZBURG

Familienlexikon

Das Portrait einer denkwürdigen Familie voll couragierter Exzentriker und das einer Zeit, in der es Courage brauchte.

Das »Familienlexikon« gehört zu den Meisterwerken der italienischen Nachkriegsliteratur.

Karin Fleischanderl, Neue Züricher Zeitung

Gebunden. 190 Seiten

Nie sollst du mich befragen

Scheinbar bescheiden läßt Natalia Ginzburg ab von den großen Ereignissen und Gefühlen und beschränkt sich auf das, was ihr begegnet ist. Das freilich wird mit einer Genauigkeit und Gelassenheit erzählt, die das Private sofort verallgemeinert. Unter Tränen und Gelächter erkennen wir auf dem Umweg der Binnenwelt die Außenwelt.

Natalia Ginzburgs Kunst ist die der Reduktion, der Zurücknahme. Ihre autobiographischen Skizzen zeigen dies in aller Deutlichkeit. Wir merken, wie raffiniert diese Einfachheit ist, wie es ihr gelingt, uns mit ihrem Grau zu becircen.

die tageszeitung

Quartheft 180. 128 Seiten

So ist es gewesen

Der Roman beginnt mit einem Schuß der Frau auf ihren Mann. Dann erzählt sie, wie es dazu kam, von ihren Gefühlen und der Liebesunfähigkeit des Mannes.

Die Geschichte einer Liebe, voller Leidenschaft, Verzweiflung und Eifersucht.

Intensiver, bedingungsloser und konsequenter hat Natalia Ginzburg ihr allgemeinverbindliches Lebensthema nie mehr ausgeführt.

Ute Stempel, Süddeutsche Zeitung

Wagenbachs Geburtstagsbuch. 96 Seiten

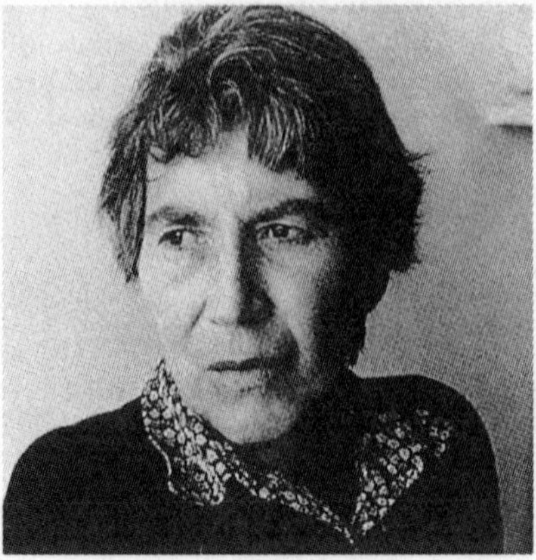

NATALIA GINZBURG
1916 in Palerma geboren,
verbrachte ihre Kindheit und Jugend
in Turin und lebte danach in Rom,
wo sie im Oktober 1991 starb.

Die in diesem Band gesammelten Texte folgen dem Wortlaut und der Datierung der Erstpublikation der Werkausgabe (*Opere*, racolte e ordinate dall'Autore, a cura di Cesare Garboli, Arnoldo Mondadori Editore, Milano, 1987, volume secondo). Ursprünglich erschienen sie in folgenden Bänden:

Mai devi domandarmi, Garzanti, Milano 1970: *Hausarbeiten* (24. August 1969), *Ungeschickte Reisende* (11. November 1969), *Die Kindheit und der Tod* (Juli 1970) und *Allumfassendes Mitleid* (4. Oktober 1970).

Vita immaginaria, Arnoldo Mondadori Editore, Milano 1974: *Einige Gedanken über die Könige* (10. Juni 1969), *So ist Rom* (12. Dezember 1970), *Die Frauen* (20. Juni 1971), *Sommer* (22. August 1971), *Freiheit* (5. März 1972), *Eine unsichtbare Regierung* (4. Juni 1972), *Die Juden* (14. September 1972), *Die erwachsenen Kinder* (17. Mai 1970) und *Das imaginäre Leben* (Mai 1974).

Aus der Sammlung *Scritti sparsi*, die von der Autorin für die *Opere* zusammengestellt wurde, stammen die Texte *Das Zentrum von Rom*, *Über die Abtreibung*, *Gründe zum Stolz* und *Sexualität ist stumm*.

Zusätzlich wurde in diese Ausgabe ein Text aufgenommen, der in den *Opere* nicht enthalten ist: *Über die Frauen* aus *Tuttestorie*, no. 6/7 dicembre 1992.

Anton Čechov. Ein Leben

Mit großer Kenntnis innerfamiliärer Konstellationen und stiller Leidenschaften erzählt uns Natalia Ginzburg das kurze Leben Anton Čechovs, des »äußerst scharfsinnigen und empfindsamen Analytikers menschlicher Beziehungen« (Virginia Woolf). Von seiner Jugend im südrussischen Taganrog und den frühen Jahren in Moskau, den Anfängen als humoristischer Schriftsteller und der Arbeit als Landarzt, bis zur Reise in die Straflager auf der Insel Sachalin, den ersten Erfolgen als Theaterautor, der Erkrankung, den letzten Jahren in Yalta und dem Tod in Badenweiler.

Man wünscht das Buch in viele Hände.
Reinhard Lauer, Frankfurter Allgemeine Zeitung

SALTO. Rotes Leinen. 96 Seiten mit vielen Bildern

Schütze

Die Signora hat sich ein Häuschen in einem Vorort der Stadt gekauft – sie hat es einfach nicht mehr ausgehalten in dem kleinen Nest, wo sie seit dem Tod des Mannes vor Langeweile fast gestorben ist.

Es wird von einer Frau erzählt, die das ihr bestimmte Leben nicht mehr mitmachen will. Scheinbar unbeteiligt, fast naiv, doch aufmerksam und liebevoll erzählt Natalia Ginzburg von den Frauen und ihren Flausen.

Eine unverkennbare, leise und eindringliche Stimme: Nichts sagen, als was ist und das in der Form des Kennworts.
Kyra Stromberg

SALTO. Rotes Leinen. 112 Seiten

DAS IMAGINÄRE LEBEN
erschien als zweiundfünfzigster *SVLTO* im März 1995

Verlag Klaus Wagenbach, Ahornstraße 4, 10787 Berlin
Der Einband verwendet das Bild *Les pleiades* von Max Ernst (© VG Bild/Kunst, Bonn 1995). Gesetzt aus der Borgis Berling-Antiqua durch die Offizin Götz Gorissen, Berlin. Gedruckt auf chlor- und säurefreiem Papier und gebunden von Clausen & Bosse, Leck. Leinen von Herzog, Beimerstetten. Printed in Germany.
ISBN 3 8031 1151 X